Auch du hast Schwächen

für Mäusel

Hans Wuttke

Auch du hast Schwächen

Bekenntnisse zur Unvollkommenheit

© 2013 Hans Wuttke

Herstellung und Verlag:
BoD – Books on Demand, Norderstedt

ISBN: 978-3-7322-3527-8

Inhalt

Illusion des Erinnerns

„Jeder würde sich auf die Suche machen,
wäre er nicht in die Alltäglichkeit
seines eigenen Lebens versunken. Sich der
Möglichkeit der Suche bewusst werden, das
heißt schon, eine Spur gefunden zu haben.
Keine Spur finden, ist Verzweiflung.“

Walker Percy

Ein Zufall brachte mich zurück an meine Wurzeln. Ich las in der Zeitung über die „Heimkehr eines zweiten Reißigers". Friedrich August, der jüngere Bruder von Carl Gottlieb, war in jungen Jahren nach Norwegen ausgewandert. Nun, mehr als zweihundert Jahre später sollten die Werke beider Musiker erstmals gemeinsam in unserer Heimatstadt erklingen.

Reißigers Geburtshaus steht am Kirchplatz der St. Marienkirche, eben jener Ort, an den ich mannigfaltige Erinnerungen habe - ein Platz, unscheinbar wie die ganze Stadt.

Das Haus meiner Großeltern befand sich vis-a-vis der Kirche. Bevor wir in eine größere Stadt zogen, bis zu meinem elften Lebensjahr, wohnten wir in der Reißigerstraße. Wenn ich später für flüchtige Besuche hierher kam, schnürte mich immer wieder die Enge der Kleinstadt ein. Selten kehrten meine Gedanken an diesen Ort zurück, der mir einst als Mittelpunkt der Welt erschien.

Niemand vergisst das Kind, das er einmal war. Familie kann man sich nicht aussuchen, man wird hineingeboren. Schlimm, ja tragisch kann es dann werden, wenn man nicht hineingeboren, sondern hineingesteckt wird. Grundlegende Lebensmuster formen sich in den ersten Jahren. Wir hatten das Glück einer wohlbehüteten Kindheit, die wir später auch unseren Adoptivkindern bereiten wollten. Dass das einmal so eine gewaltige und kräftezehrende Aufgabe werden würde, darauf waren wir nicht vorbereitet.

Es fällt mir schwer, über sehr nahe Menschen, mit denen man entscheidende Jahre seines Lebens verbracht hat, zu schreiben. Ich möchte mit meinen Äußerungen niemanden brüskieren oder gar verletzen. Das Schreiben hat in erster Linie mir selbst gut getan, meiner Seele und meinem Herzen. Gleichwohl war es eine angenehme Erfahrung zu spüren, dass ich mit einem Teil unserer Vergangenheit Frieden schließen konnte. Ein zufriedenes Leben kann man nicht nur an den Glücksmomenten fest machen. Auch die Schattenseiten gehören dazu. Das hier ist also ein Selbstverständigungsversuch - fragwürdig, anfechtbar, ungeschickt und unvollkommen sowieso.

Nach fünfzig Jahren sind viele Erinnerungen verblasst. Manchmal erwischen wir uns dabei, spannender zu erzählen als es wirklich war. Denn machen wir uns nichts vor: unsere Vergangenheit war oft alltäglicher und unspektakulärer als wir es uns heute eingestehen wollen. Ich habe mich aufgerafft, das nieder zu schreiben, was mich bewegt. Geschichten bringen Struktur in unsere

Vergangenheit, stellen Zusammenhänge und Bezüge her, immer unter der Gefahr, einer Selbsttäuschung zu unterliegen.

Doch wem nützen schon glatt gebügelte Geschichten, in denen alles plausibel und logisch erscheint? Wir Menschen sind so geeicht, im Nachhinein einen Sinn zu konstruieren, den es meist gar nicht gab. Alles hätte auch ganz anders kommen können. Ich sträube mich dagegen, in unserer Vergangenheit eine rote Linie zu suchen. Klar gab es Kausalitäten, aber was sind die schon wert: wenn die Glücksfee würfelt, schauen wir doch nur zu.

Was bleibt

„Auch wenn man nur zum Fenster rausschaut, sieht man die Welt."

Wilhelm Raabe

Er war nicht der Mann vieler Worte. „Nie und nimmer hätte ich ihn geheiratet, wenn ich damals gewusst hätte, was für ein armer Schlucker er war", spottete Oma noch nach 45 Jahren Ehe, „selbst sein Hochzeitsanzug war geborgt, aber ihm war das schöne Haus mitten in der Stadt neben der Kirche versprochen." Und er sah so stattlich aus auf dem Pferdewagen: die Zügel lässig in einer Hand, in der anderen seine Zigarre Marke Jagdwappen, die er sein Leben lang nicht wechselte. So hielt er es auch mit dem Wiesenburger Bier von dem er sich täglich eine Flasche mit Bügelverschluss leistete. Großmutter füllte sie morgens mit Malzkaffee, gab ein Leberwurstbrot dazu und entließ ihn auf das Feld, von dem er mittags zurückkehrte. Wenn nicht, schickte sie uns Kinder auf die Suche. Wir mussten nicht lange Ausschau halten, in einer der verräucherten Kneipen im Umkreis von fünfhundert Metern war er meist zu finden. Er nannte das „Kundenbetreuung", denn Großvater war offiziell Fuhrunternehmer. Und Kundenbetreuung sei das A Und O jedes Unternehmens.

Nach dem Mittagessen wurde ein Stuhl an den Sessel unter der großen Wanduhr geschoben und Großvater hielt sein Nickerchen. Manchmal begannen Katze und Teddy dann ihre Rauferei um den Schlafplatz auf Großvaters Füßen, die die Katze immer gewann. Nachmittags gab es Auftragsfahrten wie Abholdienste vom Bahnhof, Deponiefahrten oder Umzüge. Abends nach dem Füttern kamen die Kunden ins Haus. Das Haus unserer Großeltern stand jedem offen.

Es gab niemanden mitten in der Stadt, der nebenbei noch Viehwirtschaft auf so engem Raum betrieb: Schweine, Ziegen, früher auch Stallhasen, zusätzlich etliche Morgen an Feldern, der Wald und der Garten. Die Scheune befand sich keine 10 Minuten entfernt und wir Kinder gingen gern dorthin mit. Wenn Opa Schrot schnitt für das Pferd, war für uns beste Gelegenheit zum gemeinschaftlichen Springen vom Heuboden auf die Strohballen. Außerdem befanden sich in der Scheune alte Kutschen, die wir wohl nie auf der Straße gesehen haben. Doch dort ließ sich wunderbar Verstecken spielen. Opa konnte niemandem etwas abschlagen und so war es das Größte, wenn wir manchmal auf dem Weg von der Scheune zurück auf dem Pferd sitzen durften. Oma gefiel das gar nicht und ließ es uns alle auch lautstark wissen.

Einmal war sie besonders aufgebracht. Ich traf Opa am Teufelsstein auf dem Weg zum Turnplatz und schloss mich ihm an. Er wollte sein Pferd an einen Bekannten zum Bespringen vermieten. Das brachte zwar nur bei Erfolg Geld, aber ein Spektakel war das allemal. Opa war stolz, dass er in so kurzer Zeit sein Geld ohne körperliche Anspannung verdient hatte, doch Oma sprach von Verantwortungslosigkeit und dass mir hätten die

Augen übergehen können. Wir verstanden ihre Aufregung überhaupt nicht.

Mit ihrem schlohweißen Haar, ihrem sonnengebräunten Gesicht und der standesgemäßen Kittelschürze war unsere Oma durch und durch Bäuerin. Und so wurden kurze Stadtwege gleich in der Schürze erledigt. Samstags wurde gebacken. Riesige Blechkuchen voller Pflaumen, Kirschen oder Äpfel. Zum Bäcker war es nicht weit und wir versäumten selten das Abholen, denn da gab es gratis etwas zum Naschen.

Dudelte dann im Radio der richtige Schlager, musste ich mir gefallen lassen, dass sie ihre Arme um meine Hüfte schlang um mit mir im Wohnzimmer zu tanzen: „Junge, du musst viel lockerer werden. Wer tanzen kann, dem liegen die Frauen zu Füßen!"

Anfang Februar ging es jedes Jahr im Haus zu wie in einem Bienenschwarm. Jeder Schlachttag wurde sehr gründlich vorbereitet. Da wurden Merklisten abgearbeitet, Wurstsäcke genäht, die Küche aufgeräumt, Wannen und Schüsseln geputzt. Während der Schlächter und der Veterinär ihre Aufgaben verrichteten, mussten wir Kinder im Wohnzimmer ausharren. Es war uns bei Strafe verboten, die einzige Latrine auf dem Hof anzusteuern. Aber später, gegen Mittag gab es immer viel zu naschen und dann wurde uns auch etwas zugesteckt. Ich mochte eigentlich diese Tage, denn in dem Gewusel waren wir Kinder uns selbst überlassen. Ich nahm Streichhölzer und Stumpen aus dem Aschenbecher und lief hinter die Kirche. Dort am Stadtgraben verirrten sich selten Erwachsene. Geheimer Treffpunkt aller Kinder der Straße, irgendjemanden traf man dort bestimmt an. Doch wenige Züge an der Zigarre und der allgegenwärtige Geruch von Wurstsuppe genügten mir, um kreidebleich anzulaufen. Man brachte mich zur Oma zurück, die auch gleich die Ursache meiner Gesichtsfarbe wusste: die Brühe war zu fett.

Die schönste Tageszeit war die Stunde nach 18 Uhr. Die Großeltern waren beschäftigt mit der Fütterung des Viehs und ließen uns im dunklen Wohnzimmer zurück. Wir flegelten uns in die Sessel der Raucherecke und lauschten dem leisen Radio. Da gab es solche Sender mit viel Werbung und toller Musik, die wir nicht verpassen durften. Hoch im Kurs standen der RIAS, der SFB und klar, der Soldatensender. Wenn dann in der Vorweihnachtszeit noch Bratäpfel im Ofen dufteten, dann war für uns die Welt in Ordnung.

Lautes Geschrei, als zur Futterstunde der Superintendent aufkreuzte, um die Kirchensteuer einzufordern. „Keinen Pfennig deinem Herrgott! Meiner ist er schon lange nicht mehr. Wo war der, als mein Albert vom Schlag getroffen wurde, wo?" Opa ging solchen grundsätzlichen Diskussionen stets aus dem Wege. Da konnte Oma noch so viel zetern, mehr als: „Ja, ja!", kam nicht über seine Lippen.

Mit dem Lesen hatte es Opa nicht so. Für den Lokalteil der Zeitung setzte er sich Omas Brille auf. Das reichte vollkommen. Aber er mochte es, wenn ich abends ein, zwei Geschichten aus Pony Pedro vorlas. Opa war, wie Erwin Strittmatter, ein unbändiger Pferdenarr.

Oma verwaltete das Geld und jetzt, als Rentnerin achtete sie darauf, die Rente vollständig zu sparen. „Kinder, ihr braucht später Aussteuer! Erwin und Werner habe ich schon viel zu viel für ihre Hausbauerei überwiesen."

Gegenüber der Hoftür war der Kirchplatz, der von einem Rondell mit Flieder dominiert wurde. Wir saßen fast täglich auf den stattlichen Fliederbüschen, spielten dort oben Karten oder bestaunten den Inhalt unserer Hosentaschen: Münzen, Glasmurmeln, die wir Bugger nannten, aus Klammern und Fahrradschläuchen gebastelte Pistolen, Spielkarten, Kreidereste, Streichholzschachteln mit diversem Kram und natürlich Taschenmesser.

Die Magie eines Ortes erschließt sich nicht immer auf den ersten Blick. Auch nicht für Thea Labco, die im Frühjahr 1957 nach Belzig kam und höchstens ein Jahr bleiben wollte. Dann wurden es über 40 Jahre und schließlich wurde sie Ehrenbürgerin der Stadt. Das hat diese kleine, fleißigen Frau dem berühmtesten Sohn der Stadt zu verdanken, dem ehemaligen Königlichen Kapellmeister auf Lebenszeit in Dresden, Carl Gottlieb Reißiger. Die Kirchenmusikerin entdeckte 1985 in der sächsischen Landes- und Universitätsbibliothek sein bis dahin verschollen geglaubtes David-Oratorium. Um es der Nachwelt zu erhalten, schrieb sie die 400 Seiten umfassende Partitur aus dem Jahr 1851 ab. Und sie war es auch, die das Musikstück als erste der Öffentlichkeit wieder zugänglich machte.

Wir Kinder brachten Fräulein Labes anfangs der Sechziger öfters um ihren heiligen Mittagsschlaf. Und wenn sie dann Besuch aus dem Westen bekam, spielten wir allzu nah laut Fußball an den parkenden Autos oder machten Kletterversuche am Efeu der Kirche. Da nickte sie dem Kirchendiener schon mal zu, uns mit auf den Turm zu lassen, um die Glocken zu läuten. Der Schlussstein über dem Westeingang besagt, dass Martin Luther am 14.Januar 1530 in der Kirche predigte.

Große Aufregung, als eines Tages sich ein echter Bienenschwarm an einem der Fliederbäume (wie wir sie nannten) nieder gelassen hatte. Mit gehörigem Respekt verfolgte eine Traube Kinder, wie der herbei gerufene Imker das Bienenvolk vorsichtig vom Baum nahm. Solche Ereignisse wurden noch Tage später mit ausholenden Handbewegungen an alle Unwissenden weiter vermittelt.

Unsere verträumte Seitenstraße lag mitten im Zentrum der kleinen Stadt, kannte aber eigentlich keinen Verkehr. Einmal in der Woche kam das Eisauto und brachte der Frau Köster einen Block Eis für ihren Eisschrank. Und dann gab es noch die Reisebusse, die am Wochenende Platz in der großen Garage suchten. Ansonsten gehörte die Straße uns Kindern. Wir waren ein bunter Haufen zwischen vier und zwölf Jahren und spielten oft gemeinsam. Bei schlechtem Wetter trafen wir uns in den Hausfluren oder im Eingang des Pfarrhauses. Offiziersskat oder Briefmarkentausch standen dann hoch im Kurs. Schien die Sonne, war Verstecken rings um die Kirche angesagt. Anschlag war am roten Hydranten auf dem Kirchplatz.

Manchmal wurde der nahe Stadtgraben mit einbezogen. Eingangs des Stadtgrabens hatte das Rote Kreuz seinen Sitz. Im angrenzenden Garten standen Kirschbäume, die wir gern plünderten. Wir wurden bei einem unserer Mundraubgänge erwischt und sollten Strafarbeit leisten: Unkraut jäten an der Straßenfront das Hauses. Peinlicherweise lobte uns meine Oma auf ihrem Heimweg von der Arbeit: „Lasst mich raten, ihr Jungen Pioniere macht einen freiwilligen Einsatz!"

Ja, man sah uns öfters mit dem Handwagen durch die Straßen ziehen. Mit Pioniertuch um den Hals verteilten wir am Vortag Handzettel mit der Bitte um Bereitstellung von Altpapier, Flaschen und Gläsern. Und die Nachbarn gaben gern. Ein Teil des Erlöses wurde sofort in der Eisdiele verprasst, mit dem Rest Wundertüten im Spielzeugladen gegenüber vom Rathaus erworben.

In der Nachbarschaft wohnte die gehbehinderte Frau Großkurth. Ich brachte ihr manchmal das Stammessen aus der „Einheit" für drei Mark fünfundachtzig. Dafür bekam ich Zweimarkstücke aus ihrer Hand und durfte den Rest behalten. Sie war eine der wenigen, die einen Fernseher besaßen. Bereits einen moderneren, nicht so einer wie beim Tischler Herfurth am Ende der Straße, an dem zusätzlich eine riesige Glaslinse vor der Bildröhre montiert war. So saßen wir dann im Monat Mai nachmittags im engen Zimmer bei Frau Großkurth: sie auf einem Sessel an der Tür, ihre Beine eingewickelt in eine Decke und eine Traube Kinder ringsum am Boden. Angesagt war die Friedensfahrt und Täve Schur, das Idol unserer Kindheit, fuhr oft in der Spitzengruppe mit. Viel zu sehen war nicht, die Kameras standen meist stationär, übertrugen nur die Zielankunft. Der Fernsehempfang war grauenhaft, das Bild flackerte, war oftmals milchig trüb und unscharf. Aber das tat der Stimmung im Raum keinen Abbruch. Ach, wie gern hätte ich damals auch ein eigenes Fahrrad gehabt!

Schulfasching am Rosenmontag war für uns Kinder eine willkommene Abwechslung. Und den Eltern gefiel es, uns mit ihren Einfällen für hübsche Kostüme zu überraschen. In diesem Jahr also erschien ich als wandelnde Litfasssäule beklebt mit selbst erstellten Zeitungsartikeln, die aktuellen Bezug zum Stadtleben aufwiesen. Zwar holte unser Klassenprimus Fred als Marsmännchen den ersten Preis, doch ich wurde mit einem 2. Preis dekoriert und musste immer wieder stehen bleiben, um der neugierigen Leserschar Gelegenheit zu geben, die lustigen Geschichten zu Ende zu lesen. Selbst auf dem Heimweg aus der Schule kamen Neugierige auf mich zu und ich drehte artig meine Pirouetten. Ich hatte einen neuen Berufswunsch: Nachrichtenschreiber. Und es sollten immer gute Dinge sein, über die ich berichte.

Es war ein kalter, klarer Morgen, der 15. Februar. Kinder und Erwachsene versammelten sich mit Pappbrillen auf dem Kirchplatz. Ich hatte mir eine Scherbe aus einer Weinflasche zustecken lassen um nur nicht das große Naturschauspiel zu verpassen. Wir wollten dabei sein, wenn sich der Mond langsam vor die Sonne schob. Eine

Szene wie aus dem Mittelalter. Es dauerte nur wenige Minuten, doch es war das Gefühl gemeinsam etwas Erhabenes zu erleben. Ich spürte, wie sich ringsum die Luft abkühlte. Neben mir flüsterte der Pfarrer: „Jetzt schweigen die Menschen und Gott spricht!" Mich beschäftigte eine ganz andere Frage: was müssen das für herausragende Forscher sein, die in der Lage sind, im Voraus auf die Minute genau zu berechnen, wann so ein seltenes Ereignis eintritt? Mein Berufswunsch stand fest: Sternenforscher.

Der Pfarrer war es dann auch, der mich zu einer Probestunde beim Religionsunterricht einlud. Wer weiß, wie oft ich noch hingegangen wäre, hätte mir mein Vater nicht eine klare Ansage gemacht: „Pioniere oder Kirche, entweder oder!" So blieb ich dann doch bei den Pionieren, schon deshalb, weil ein Schlagerwettbewerb geplant war. Jeder sollte seinen Lieblingsschlager vorsingen. Dazu gab es kleine Heftchen von AMIGA, die Texte und auch die Noten enthielten. Mein Lied „Zwei gute Freunde" von Fred Frohberg kam nicht besonders an, obwohl ich textsicher war. Es lag wohl doch eher an fehlender Gesangeskunst.

Viele Gäste kamen zu Opas Geburtstag am vierten April. Von überall her wurden noch Stühle in das Wohnzimmer geholt. Oma stichelte wieder gegen Opas Familie. Besonders gern wiederholte sie die Geschichte, wie in der kargen Nachkriegszeit Berliner Verwandtschaft aufkreuzte, um sich durchfüttern zu lassen. Omas Frikassee von jungen Lämmchen war legendär. Die Großstädter schickten Ihr später eine Ansichtskarte voller Lob über ihre Kochkünste. Niemand hatte verraten, dass der Hofhund im Kochtopf gelandet war.

Doch im verhallenden Gelächter der fröhlichen Runde kam weiterer Besuch mit der Nachricht, dass unser zweiter Opa nach seinen langen Leiden ruhig eingeschlafen war. Dass diese heimtückische Krankheit, die nur wirksam vor ihrem Ausbruch bekämpft werden kann, uns über Generationen begleiten wird, haben wir immer wieder verdrängt. Geburtstage können recht traurig enden. Dabei kannten wir unseren Großvater väterlicherseits kaum. Er fand nach seiner Kriegsgefangenschaft seine Familie in der märkischen Streusandbüchse wieder. Denn ursprünglich waren sie im schlesischen Goldberg ansässig. Doch kurz vor Kriegsende musste seine Frau mit ihren zwei Kindern flüchten und war wochenlang auf dem Treck. Sie wurden am 13. Februar 1945 aus sicherem Abstand Zeugen, wie Dresden nach dem Bombenangriff der Engländer verbrannte. Eine erste Bleibe fanden sie in Damsdorf beim Dorfpfarrer, schließlich wurden sie sesshaft bei einer Bauernfamilie in der Kreisstadt. Großvater war Schneider, besserte russische Militäruniformen aus. Schon damals ein Beruf, mit dem man sich kaum einen bescheidenen Lebensunterhalt sichern konnte.

An den Schulunterricht der ersten Jahre kann ich mich weniger erinnern, ausgenommen das Jahr, in dem wir Unterricht auf der Burg bekamen. Unser Klassenraum war nur erreichbar über eine Hintertür eines anderen Zimmers. Die Fenster waren klein und hoch, so dass kaum natürliches Licht in das provisorische Klassenzimmer fiel. Unterricht auf der Burg hatte auch Vorteile: keinen Fahnenappell und keinen Pausensport. Den gab es nämlich sonst in der kleinen Pause auf dem Schulhof. Und dem konnte sich keiner entziehen, einige Lehrer standen als Kontrolleure an den Toiletten. Aus dem Lautsprecher dröhnte Musik und alle Schüler ahmten die Gymnastikübungen des Pionierleiters nach.

An einen Tag kann ich mich aber wie heute erinnern. Es war der 12. April und unsere Deutschlehrerin teilte uns mit: „Der erste Mensch ist im All und er kommt aus der großen Sowjetunion. Kinder, hier seht ihr, wie der siegreiche Sozialismus voran schreitet!" Ich flog mit ausgebreiteten Armen über den Schulhof, vorbei am stinkenden Toilettengebäude, vorbei an der Voliere mit den stolzen Fasanen, die unsere Schule züchtete, dort wo ich sonst oft gedankenverloren stehen blieb. „Oma, Oma schalte das Radio an, der Juri Alexejewitsch Gagarin fliegt durch das All!" Oma schälte Kartoffeln und ließ sich nicht beeindrucken: „Junge, was bringen Sie euch nur für einen Unsinn in der Schule bei!"

Oma war eine nimmermüde Frau, bekannt in der ganzen Stadt. Morgens um fünf Uhr war sie bereits auf den Beinen, melkte die Ziegen und brachte die Milch in einer großen Kanne mit dem Fahrrad zur Molkerei. Hinterher fütterte sie das Vieh und ging diversen Nebenarbeiten nach. Die Reinigung des Ambulatoriums gehörte auch dazu. Dann kochte sie das Mittagessen. Nachmittags war Gartenarbeit angesagt. Unsere Großeltern lebten diszipliniert und genügsam. Sie kannten es nicht anders. Das Leben auf dem Bauernhof war nicht nur schlechthin ihr Lebensinhalt, sie empfanden es als ihre Bestimmung. Ich glaube, sie hatten nie versucht, sich überhaupt ein anderes Leben vorzustellen.

Nach der Schule besuchten wir oft unsere Großeltern. Waren sie nicht da, legten wir die Schulmappen in ihrem Hausflur ab und durchstreiften die Gegend auf der Suche nach Spielkameraden. Meine Mutter arbeitete in einem Gemüsegeschäft. Unseren Vater sahen wir unter der Woche kaum. Mit meinem ein Jahr jüngeren Bruder verstand ich mich blind. Und da war auch noch der jüngste Spross der Familie, der in eine Kinderkrippe gebracht wurde, wenn er nicht gerade kränkelte. So blieb uns also viel freie Zeit, die wir fast ausschließlich im Freien verbrachten.

Besonders schön waren die Tage bei Tante Lenchen in Brandenburg. Eigentlich war sie gar nicht unsere Tante. Meine Mutter war sehr erschrocken, als mein Vater bei einem Stadtbummel in Brandenburg kopfüber in ein Geschäft stürzte und eine fremde Frau leidenschaftlich umarmte. Es kostete ihm viel Überzeugungskraft, glaubhaft zu machen, dass das nur eine alte Bekannte aus seiner Heimatstadt sei. Seit jener Zeit besuchten sie sich regelmäßig. Tante Lenchen arbeitete bei KONSÜ, einem Waffelhersteller und hatte für uns immer eine Tüte Waffelbruch zum Naschen vorrätig. Selbst Jahre später schaute ich noch gelegentlich bei ihr vorbei, wenn ich in der Nähe zu tun hatte. Aber auch sonst gab es etliche Anlässe Hallo zu sagen. Sie wohnte unfern der Poliklinik, in der ich wegen meiner schiefen Wirbelsäule von Fachärzten jahrelang behandelt wurde. Da wurden Gipsbetten geformt, Stahlkorsetts angefertigt und orthopädisches Turnen verschrieben. Und zwischendurch gab es Waffelbruch zur Aufmunterung.

Im Sommer 1961 war Mutti mit uns drei Kindern zu Besuch bei Ihr. Tante Lenchen hatte eine anderthalb Zimmerwohnung in der es ständig nach Gas roch. Die Wohnung wurde damals noch mit Gas beheizt. Am Tage war ich mit ihrem Sohn an der Malge, einem beliebten Ausflugsziel an den Havelseen. Das war meine erste größere Fahrradtour überhaupt und wenn sie für mich auch nicht ohne Blessuren verlief, war ich an diesem Tage sehr stolz. Ich schlief im kleinen Zimmer auf einem Klappbett, gleich unter den Wellensittichen. Vati sollte abends nachkommen. Aber er kam nicht. Alle machten sich große Sorgen, vor allen Dingen als im Radio bekannt wurde, dass die Grenze nach Westberlin abgeriegelt wurde. Es wurde eine sehr lange und unruhige Nacht; ich glaube, wir sind am kommenden Tag sofort nach Hause aufgebrochen.

Unseren Vater sahen wir in den darauf folgenden Wochen selten. Und wenn er dann mal für uns Kinder da war, wurde nicht über Arbeit geredet. Obwohl unsere Stadt nur unweit von der geografischen Mitte des Landes entfernt lag, war kaum etwas von den Veränderungen gegenwärtig. Das Leben verlief ebenso gleichförmig und behäbig wie eh und je.

Unser Nachbar war Leiter der Freiwilligen Feuerwehr und wegen seines Amtes privilegiert, einen Telefonanschluss zu besitzen. Telefone waren rar, wichtige Nachrichten wurden per Telegramm übermittelt; pro Wort fünfzig Pfennig. Herr Meyer verließ nie ohne seine schmucke Uniform das Haus. Als er eine Arbeitsgemeinschaft „Junge Brandschutzhelfer" gründete, waren wir mit Feuereifer dabei. Wir erhielten einfache Schutzbekleidung, wurden in das Binden von Knoten eingeführt, durften Brandwachen unterstützen und an regionalen Vergleichskämpfen teilnehmen. Einmal, ein einziges Mal wurde uns erlaubt, zu zweit einen C-Schlauch halten. Als das Ventil des Verteilers aufgedreht wurde, hat uns zum Gaudi der Feuerwehrmänner die Wasserkraft so überrascht, dass wir die hinter uns stehende Gruppe völlig durchnässten. Also, ein geachteter Feuerwehrmann, das wäre mein Traumberuf gewesen.

Sonntags trafen sich die Kinder der Straße zum gemeinsamen Kinobesuch. Der Partisanenfilm „Fünf Patronenhülsen" und die Günther Simons Thälmannfilme waren für uns Kult, „Der Moorhund" wurde unser erster echter Kriminalfilm. Berühmter Schauspieler wollten wir alle werden.

Um bis dahin keine Zeit zu versäumen, schrieb ich mich in einen Rezitationswettbewerb der Schule ein. Mein Gedicht hatte ich bedachtsam gewählt und fleißig gepaukt. Mit Herzklopfen stand ich nun auf der Empore des für mich riesigen Kinos am Fläminggarten und blickte in den halb gefüllten Saal. Das Kino war für mich ein bedeutsamer Ort. In der ersten Klasse bekam ich dort mein blaues Halstuch in einer unvergesslichen Feierstunde. Zu Ehren der Namensgebung

„Bruno Kühn" war Lotte Ulbricht angereist. Bruno Kühn, ihr älterer Bruder, ein Widerstandskämpfer, war von der Gestapo ermordet worden. Aus ihren Händen empfing ich das kostbare Tuch, das mir fortan immer wertvoller als das rote erschien. Und wenn mir später das Binden des Pionierknotens nicht richtig gelang, war meine Mutter zur Stelle.

Da stand ich also vor dutzenden erwartungsfrohen Augen. Doch nach fünf Worten blieb ich sprachlos. Ich begann mit: „Wilhelm Busch - der volle Sack." Kaum waren Dichter und Titel ausgesprochen. gab es schallendes Gelächter. Alle guten Vorsätze waren augenblicklich vergessen, die Knie schlotterten, die Konzentration dahin. Ich wurde verlegen, was das Gelächter auf die Spitze trieb. „Du bist in der Lage, mit wenigen Worten Fröhlichkeit zu verbreiten. Du hast eine komische Ader, du solltest dein Talent im Kabarett weiter entwickeln!" Tränen standen mir in den Augen, die Worte der Jury waren kein Trost. Kurz darauf bewarb ich mich beim Kabarett.

Das Schulkabarett „Kaktus", als echter Straßenfeger erfolgreich in der lokalen Presse gefeiert, hatte mich beflügelt. Beim Pioniertreffen in Karl-Marx-Stadt musste ich noch pausieren, da mehrere Monate ein dickes Gipskorsett von den Schultern bis zu den Lenden meine Beweglichkeit stark einschränkte. Später, als wir dann mit unserem Programm durch die Dörfer zogen, fehlte ich bei keiner Aufführung. Lustig waren vor allen Dingen die Rückfahrten in einem eigens gecharterten Kleinbus. Doro stimmte die Lieder an und alle sangen mit. Ganz hoch im Kurs stand so kostbares Liedgut wie: „Da sprach der alte Häuptling", „Der Mann im Mond" und „Mit Siebzehn fängt das Leben erst an".

Wenn es zu laut und zu ausgelassen wurde, schritt der Pionierleiter ein. Dann wurde nur gesummt, bis aus Übermut wieder einer den Text trällerte und die anderen einfielen.

Ein besonderer Höhepunkt sollte unser Auftritt zum Pressefest der „Märkischen Volksstimme" in der Bezirksstadt werden. Wir hatten oft geprobt und erstmals auch einen eigenen Vorhang einsetzen können. Ich war sehr aufgeregt und konnte in der Nacht davor nicht schlafen, malte mir aus wie das sei, vor hunderten begeisterten Zuschauern zu spielen. Der Auftritt wurde eine einzige Enttäuschung. Was der Veranstalter uns als besondere Kulisse präsentierte, war leider der falsche Ort zur falschen Zeit. Mittags in gleißender Sonne vor dem Neuen Palais kamen wir Provinzler uns äußerst verloren vor. Nur wenige Pressefestbesucher hatten sich samstags früh am anderen Ende des Parks Sanssouci eingefunden und waren eher nicht unsere Zielgruppe. Der Applaus kam verhalten höflich.

Die Weitläufigkeit des Parks hatte es mir angetan. In unserer kleinen Stadt überschritt man, egal in welche Richtung, spätestens nach zehn Minuten die Stadtgrenze. Hier war ich überwältigt von den breiten Wegen, den unzähligen Skulpturen am Wegesrand, dem Teehäuschen, den Schlössern und dem akkurat gepflegten Rasen. Die Harmonie von Architektur und Landschaft nahmen mich nachhaltig gefangen.

Der Stadtplan, den ich an diesem Tage erwarb, wurde für mich zu einem großen Schatz und gleich im Bus breitete ich ihn aus, fuhr mit dem Zeigefinger auf der Karte mit. Tagelang studierte ich alle Details und wünschte mir nichts sehnlicher als irgendwann einmal in einer solch schönen Stadt zu wohnen. Die Karte war nicht vollständig bedruckt, das Umland nördlich der Stadtgrenze weiß, die Enklave Steinstücken glich einem Fremdkörper inmitten unserer Zivilisation. Und dann gab es ja noch ganz andere geschichtsträchtige Parks zu entdecken. Ja, in so einer Königsstadt wollte ich leben! Am liebsten als Architekt.

Der kalte Januar 63 brachte außergewöhnlich viel Schnee und Kälte. Die Toilette über der Waschküche war über Nacht eingefroren. Kohlen wurden knapp und nur ein Zimmer konnte beheizt werden. So machte es sich die Familie im kleinen Kinderzimmer bequem. Wochenlang fiel die Schule aus. Unterrichtet wurde über das Radio. Mit großer Anteilnahme hörten wir dort von der schrecklichen Sturmflut in Hamburg. Ich blieb tagsüber im Bett, hatte meine Leseleidenschaft entdeckt. Vater bekam monatlich über einen Buchclub Nachschub, so dass ich kaum hinterher kam. „Der Traum des Hauptmann Loy", ein Roman über Spionage und Verrat nahm mich so gefangen, dass ich das Buch nicht mehr aus der Hand legen konnte. Dann waren da noch Kassiber von Langenscheidt mit der reißenden Aufschrift „Englisch in 30 Tagen", die es mir besonders angetan hatten. Die Lektionen boten leichten Lesestoff in Englisch in der ersten Zeile,

Lautschrift in der zweiten und Übersetzung in der dritten Zeile. Ich malte mir aus, nach einem Monat perfekt die englische Sprache zu beherrschen. Später wollte ich einmal Dolmetscher werden.

Uns Kindern fiel auf, dass die Eltern häufiger als gewohnt leise Gespräche führten. Es ließ sich nicht lange verheimlichen: der Umzug in die Bezirksstadt wurde geplant. Doch das wäre eine andere Geschichte.

Unsere Ferien verbrachten wir später bei den Großeltern. Oma verstarb Weihnachten 1974 daheim in der Reißigerstraße. Kurz davor, am dritten Advent, besuchte ich sie im Krankenhaus, um Abschied zu nehmen: „Junge lass dich drücken. Du bist jetzt also ein Studierter. Das reicht aber nicht: lerne endlich richtig zu tanzen.“

Opa lebte noch siebzehn zufriedene Jahre bei meinen Eltern. (2013)

Quellenangaben

Als Zwölfjähriger, noch vom Wünschen beseelt, entdeckte ich zu meiner Freude auf dem verwinkelten Boden unseres Mietshauses eine Schatzkiste. Die darin enthaltenen Bücher stammten aus dem neunzehnten Jahrhundert: ein Dictionary aus 1823, mehrere Kriminalgeschichten von Arthur Canon Doyle in Englisch, *Rede und Schrift* der Deutschen Sprache, dazu ein Kirchenliederbuch und diverse Romane, deren Autoren niemand mehr kennt. Eine Biografie Friedrich des Großen wurde für einige Zeit meine Lieblingslektüre. Sie berichtete über die jungen Jahre des Prinzen in Rheinsberg, die geplante Flucht von seinem Vater, dem Soldatenkönig Friedrich Wilhelm der Erste, und schließlich über die Enthauptung des besten Freundes von Fritz, dem acht Jahre älteren Hans Hermann von Katte. Unbestritten hat dieses Buch meine frühe Aversion gegen alles Militärische bestärkt.

Unwissend, dass sich das richtige Buch auch zur rechten Zeit einfinden muss, verschlang ich anfangs alles, was mir unter die Finger kam. Gleichzeitig war ich so naiv zu glauben, dass Bücherwissen schlau macht. In Wirklichkeit bietet doch jedes Erlebnis der Umwelt übergenug Stoff, an dem unsere Urteilsfähigkeit wachsen kann. Schlimmer noch, meine spöttischen Kommentare über Unwissende ließ in der Schulzeit die Anzahl meiner Freunde drastisch schrumpfen. So behauptete ich doch stock und steif: kultivierte, edelmütige - eben noble Persönlichkeiten werden von den Vereinten Nationen für ihre Taten zum Wohle der Menschheit mit einem Preis ausgezeichnet. Ich betonte ihn auf der ersten Silbe: Nobelpreis.

Rede und Schrift enthielt in seinem Teil *Deutsche Gedankenwelt* eine erkleckliche Sammlung von Zitaten bekannter Persönlichkeiten: Bismarck, Clausewitz, Kant, Hegel, Hölderlin, Lessing, Rückert, Goethe, Schiller, Hoffmann von Fallerleben, Eichendorff, Chamisso und geschätzten zweihundertfünfzig weiteren. Mag sein, dass sich daraus Leidenschaft für das Sammeln von Sprüchen entwickelt hat. Ich schrieb Kalenderblättersprüche in kleine Taschenbücher; mein probates Mittel zur Bewahrung Wissenswertes. Diese Büchlein wurden zu ständigen Reisebegleitern und weckten eine dauerhafte Neugierde nach mehr.

Zufällig fand ich jetzt beim Aufräumen einige dieser Hefte mit Sprüchen, die ich im vorigen Jahrhundert gesammelt hatte. Ashleigh Brilliant, einstiger Straßen-Philosoph in San Franzisco war im Gegensatz zu mir entschieden gründlicher. Das Wall Street Journal nannte Brilliant einmal den „einzigen professionellen Aphoristiker der Weltgeschichte." Er schrieb über 10000 Aphorismen und lebt vom Verkauf seiner Aphorismen-Bücher. Geistreiches mit weniger als 17 Worten zu formulieren: hintersinnige Gedanken von Lichtenberg, Schopenhauer, Nietzsche klingen nach wie vor aktuell. Hier eine kleine Auswahl meiner Sammlung:

*„Große Schuhe schützen nicht
vor Schweißfüßen."*

Friedrich der Große

*„Selbstverständlich, zweifellos und offensichtlich
sind Adjektive des Irrtums."*

*Selbstbetrachtungen
Mark Aurel*

„Altklugheit gebärt mannigfaltig Krüppel."

Ephraim Lessing

„Eine Quelle speist keinen Fluss."

*Tao Te King
Lao Tse*

*„Der schrägste Gag erheischt
den ungestümsten Beifall."*

Bertolt Brecht

*„Vage Vermutungen
stolzieren in den edelsten Gewändern."*

Christoph Friedrich Lichtenberg

„Ich gebe zu, ich habe geweint.
Aber es hat nicht geholfen.“

Napoleon Bonaparte
nach der Schlacht bei Waterloo

„Wohl dem, der sich mit den Vorzügen
der Einsamkeit beschenken kann.“

Menschliches - Allzumenschliches
Friedrich Nietzsche

„So wähn ich mir den ächten Mann:
zuversichtlich, mildtätig, menschelnd.“

Johann Wolfgang von Goethe

„Auf dem Pfad der Tugend
marschieren keine Fanfarenzüge.“

Albert Schweitzer

„Wer so intensiv, so gegenwärtig lebt
ist entweder naiv oder weise.“

Der Steppenwolf
Hermann Hesse

„Am besten unterhalten kann ich mich
eigentlich nur mit mir selbst – und Gott."

Rainer Maria Rilke

„Und es ist eine eigene Welt. Wenn auch
im Kleinen, mit einem kleineren Gott."

Alice im Wunderland
Lewis Carroll

„Zitateritis ist eine Immunschwäche dürftigen
Geistes."

Marcel Reich-Ranicki

„Mancher glaubet seinem Medicus
bis hin zum Verrecken."

Simplicissimus
Hans Jacob Christoffel von Grimmelshausen

Mit dem Dummy N. N. (nomen nominandum) umschreibt die Schachwelt üblicherweise einen Gegner, dessen Namen aus nicht nachvollziehbaren Gründen entschwunden ist: halt ein Anonymus. Ein N. N. gewinnt nicht, ein N. N. hat zu verlieren. Die N und N's dieser Welt bekommen einfach keine Anerkennung. Unter ein Diagramm, in eine Schachdatenbank, erst recht in einen wissenschaftlichen Artikel gehören nachvollziehbare Quellenangaben. Im Zeitalter ausufernder Datenfarmen und totaler Vernetztheit mutieren fehlende Angaben zur Herkunft oder gar Verheimlichung von Zitaten zu Stolpersteinen in der Vita. Da sind zwei Großbuchstaben für einen Unsichtbaren doch nicht zuviel verlangt. Der geneigte Leser verzeihe mir bitte meine Anmaßung, die Zitate dieses Kapitels den hellen Köpfen einfach untergejubelt zu haben. H. W., besser noch N. N., wäre zutreffender.   (2013)

Das vergessene Geschenk

Meine Eltern haben mir das Schreiben beizeiten ausgetrieben. Und mit solch einer Nachhaltigkeit, dass ich bis heute jede Öffentlichkeit meide, wenn es um schriftliche Geständnisse geht.

Mit fünfzehn ließ ich mein Tagebuch frei herum liegen und schon am selben Abend musste ich für diese Fahrlässigkeit empfindlich büßen. Frisch verliebt hatte ich dem Papier anvertraut, was ein junges Herz alles bewegt. Mein Herzfräulein umschrieb ich gemäß dem System von Wennsheim mit dem Code „8822" und eben diese Kleinigkeit wurde mir zum Verhängnis. Ich weigerte mich hartnäckig, die Identität meiner Angebeteten preis zu geben, ertrug lieber den Unmut meiner Eltern und schwor noch in der gleichen Nacht, nie wieder eine solche Torheit zu begehen und mein Innerstes nach außen zu kehren.

Seitdem sind die Tagebücher mein am besten gehütetes Geheimnis. Meine Frau respektiert meine kleine Intimsphäre genau so, wie ich nie auf die Idee käme, in ihren Fächern nach ihren Aufzeichnungen zu kramen. Wie erschrocken und ertappt habe ich mich dann aber gefühlt, als ich nun erfuhr, dass ohne meinen Zuspruch die Gedichte „Kiebitze" und „Nietzsche" schon vor etlichen Jahren veröffentlicht wurden. Nein, um alles auf der Welt hätte ich mir einen weiteren Offenbarungseid erspart.

Aber der Reihe nach. Reisen wir zurück zum Anfang der Siebziger des vergangenen Jahrhunderts. Damals versüßten wir unser Studium mit ungestümen Schlachten auf den Brettern, die für uns die Welt bedeuteten. Wir waren vier angehende Mathematiker recht unterschiedlicher Natur, die unter dem gleichen Dach lebten. Bechus - der nette Kerl von nebenan, Robert - stets korrekt und Heinz - das ganze Gegenteil: ein Gesetzloser, der sich gern mal in exzentrischen Bahnen bewegte. Mit unserer Leidenschaft zur intelligentesten Art des Schweigens brachten wir es immerhin 1972 zum DDR-Studentenmeister im Schach. Es war eine traumhafte Zeit: ich saß viele Monate über den fremdsprachigen Zeitschriften, die der Verein abboniert hatte. Mich beeindruckten besonders die originellen Schachgedanken von Blumenfeld und so lernte ich nebenher unbemerkt Russisch. Über die russische Sprache fand ich später zu Puschkin, Tschechow und Jessenin.

Heinz, der bereits ein Studienjahr weiter war, lieh sich gern meine Bücher, die sich eben nicht nur um Schach drehten. Aphorismen hatten es ihm besonders angetan. Einen großen Gedanken in eine einzige Zeile fügen, so klar, so rein, bis er dich anlächelt - was für eine herrliche Idee! Daher blieb es auch mehr als eine nette Aufmerksamkeit, dass wir nach dem Studium den Kontakt hielten. Wir tauschten Partien und Theorievarianten aus, sahen uns gelegentlich bei größeren Wettkämpfen oder wanderten gemeinsam und schrieben uns auch sonst die Finger wund. Es bereitete Vergnügen, die Briefe zu lesen und sie wurden mit gehörigem Respekt beantwortet. So war es dann auch durchaus nicht ungewöhnlich,

dass ich Heinz zum Geburtstag kleine Gedichte
schrieb. Inzwischen hatte ich längst Rilkes Briefe
an einen jungen Dichter gelesen und verstand
meine Integralpoesie eher als eine Art Briefmar-
kensammlung mit ausschließlich ideellem Wert.
Stillschweigend setzte ich das auch bei Heinz
voraus.

Schade, dachte ich Jahrzehnte später, als ich
vergeblich nach seinen Aufzeichnungen suchte:
gern hätte ich mich an seiner Story von der ab-
sonderlichen Null oder einen seiner leuchtenden
Geistesblitze nochmals entflammt. Aber nach
meinem Wehrdienst und einigen Umzügen waren nicht nur die Briefe, sondern auch Heinz aus
meinem Blickfeld gerückt. Einzig ein von ihm
geliehener Band Lichtenberg blieb erhalten und
erinnerte mich manchmal an unsere Jugendzeit.
Mit Bechus kreuzte ich später heftig die Klingen
in der Oberliga. Von Robert weiß ich nur, dass er
noch immer hinter der SG Leipzig steht. Doch
unser „Männel" blieb leider verschollen. Ich ver-
mutete, Heinz hatte sich 1976 nach der Selbst-
verbrennung von Oskar Brüsewitz in den anderen Teil des weiten Landes ausweisen lassen.

In einem durchschnittlichen Leben bleibt weder für das unerschöpfliche Gedankenspiel noch
für das Schreiben ausreichend Muße. Schach ist
halt extrem familienfeindlich, es verschlingt den
wertvollsten Rohstoff, der uns gegeben ist: Zeit.
Und so entfernte ich mich unmerklich weiter und
weiter von unseren einstigen Idealen und suchte
in anderen Gefilden Zerstreuung.

Die Hoffnung, den Heinz eines Tages doch
wieder zu treffen, wuchs mit der Auflösung unse-

rer wirklichkeitsfremden Abgeschiedenheit und dem Rückfall in die westliche Zivilisation. Ich durchstöberte Generationen von bunten Schachzeitungen nach seinem Namen, vergeblich. Offenbar war Heinz nicht mehr aktiv und damit aus allen offiziellen Wertungslisten verbannt. Ich bemühte ausgetüftelte Strategien für Suchmaschinen im Internet, aber wie erkennt man einen Heinz Neumann unter Tausenden?

Die schleichende Vereinnahmung durch Computer hatte meine frühere Passion zusätzlich gedrosselt. Inzwischen spielte man entschieden anders Schach als noch vor einem viertel Jahrhundert: es ist verbissener, aggressiver, radikaler und ... hässlicher geworden. Ich stemmte mich vergebens gegen die ausufernde Verflachung, gegen defensive Denkschablonen und rücksichtslosen Siegeswahn. Meine Wertzahl, ein Indikator für ergebnisorientiertes Durchsetzungsvermögen, sank unter die geistige Armutsgrenze. Doch ab und an, wenn sich wieder mal die beschleunigte Läufer-Damen-Batterie im Geschlossenen Sizilianer unheimlich auf einem Brett formierte, erinnerte ich mich an Männels Maxime „Sieg oder stirb!" und ein stummer Seufzer durchströmte meine Seele.

Mit dem allgegenwärtigen Trend zur Nivellierung der Gedankenkunst konnte ich mich nicht recht anfreunden. Das Universum Schach ist doch kein von einem vier Gigahertz getakteten Chip berechenbares Endspiel mit 32 Steinen! Im Bestreben, die Ursachen meines dürftigen Schachverstandes zu hinterfragen, las ich mich über Rowsons sieben Todsünden schließlich zum

Bestseller von Watson durch und fand beiläufig Gefallen an der englischen Sprache, so dass ich nicht umhin kam, Shakespeare im Original zu lesen und dessen Heimatstadt zu besuchen. Frische Ideen beflügelten endlich auch meinen Geist und neuerdings spüre ich manchmal Caissa milde lächelnd hinter mir stehen...

Ein Zufall verknotete unverhofft die Enden unseres zerrissenen Bandes. Einmal, einmal jeden Sommer gönne ich mir die Teilnahme am Kreuzberger Open. Als ich acht Wochen vor Turnierbeginn 2002 die Meldeliste im Internet durchforstete, wurde mir sofort klar: hier hatte sich auch unser Heinz eingeschrieben. Starr vor Aufregung blieb ich vor meinem Rechner sitzen, legte den Kopf auf die Hände und schloss die Augen...

Erwartungsfroh und mit dem zerschlissenen Band Lichtenberg in der Tasche machte ich mich auf den Weg nach Berlin. Wir erkannten uns bereits von weitem. „Ich war schon im vergangenen Jahr hier", blinzelte er mich schelmisch an, „du spieltest gegen den Berliner Meister, und ich stand in der ersten Reihe im Kreis der Kiebitze. Da durfte ich wirklich nicht stören. Aber ich wusste ja nun, wo ich dich finden würde. Ich habe meine Batterien aufgeladen und möchte es noch einmal wissen. Ich war mir völlig sicher, dich heute um 16.00 Uhr zu treffen."

„Was ist schon ein Jahr?" murmelte ich vor mir hin und dachte an die endlosen und vergeblichen Recherchen im Dickicht des WEB.

„Internet – igitt, ich habe eine Automatenallergie. Auto, Fernsehen, EC-Karte brauche ich nicht. Ich komme ohne solchen Schnickschnack aus. Vor einigen Jahren habe ich mein kleines Leben zwischen zwei Buchdeckel gepresst. Du kommst auch darin vor."

Ich lehnte mich zurück und schaute ihn ungläubig an: „Du bist nicht bei Trost."

„Weißt du, im Laufe der Jahre lernt man höchstens drei oder vier Wesen kennen, die einem wirklich etwas bedeuten. Du gehörst zu meiner Seelenverwandtschaft. Ich konnte dich nicht einfach übergehen – bitte lies selbst."

Nach dem Wettkampf, auf dem Heimweg in der S-Bahn, wickelte ich hastig das unscheinbare Büchlein aus. Schon nach den ersten Seiten war ich verzaubert und fuhr einige Stationen zu weit. Titel und Inhalt sind verklärt, unwirklich und authentisch zugleich, lassen sich nicht in wenigen Sätzen umschreiben. Freunden, denen ich später Leseproben seiner „Ideographie" gab, zuckten verständnislos und unsicher mit den Schultern. Egal, für mich bleibt es meine kostbare „GedankenBank". Das Buch steht in der ersten Reihe im Bücherschrank, gleich neben dem Lichtenberg.

Ich las immer schneller und schneller und fand endlich auch die Seiten mit meinen längst abgeschriebenen Versen. Bevor ich weiter las, strich ich noch einmal behutsam mit der flachen Hand über das brüchige Papier, blickte mich kurz um, holte tief Luft und las langsam mit flüsternder Stimme:

kiebitze

aufleuchtet ehrfurchtvolles schweigen
starrt
und gafft in eine sonderbare welt
wo ohne hast vergessend alle zeiten
sich zauberhaftes leben offenbart

erlischt der meister strengste normen
durchbricht
gesetz und regel reißt uns fort
in ungeahnte räume neue formen
strahlt der harmonien licht

entzündet leidenschaftlich feuer
verstohlen
entdecken wir uns selbst
bewundern wir der schöpfung abenteuer
geheimes spiel mit den symbolen

nietzsche

sich selbst so maßlos übersteigen
so fremd zu sein so weit entrückt
und nirgends ganz sich selber eigen
im bann einsamen leids verzückt

und nirgends ganz sich selber eigen
nicht einmal wenn ein abschied glückt
stürmt herbstwind braune blätter treiben
bis blasser schnee ihr dasein drückt

nicht einmal wenn ein abschied glückt
verliert sich kühles schweigen
und ein weißes händchen pflückt
erfrorne träume aus den zweigen

Übrigens: Heinz spielt immer noch mit großem Erfolg seine tückischen Varianten. Nächstens im Sommer sehen wir uns in Kreuzberg wieder.

(2003)

Nichts ist in Ordnung

„Unglück und Glück
sind wie ein zusammen gedrehtes Seil."

Zen-Sprichwort

Nachts klingelte es an der Tür: „Guten Abend. Hauptwachmeister Schneider. Kommen sie bitte vor die Haustür, sie müssen ihren Sohn identifizieren!" In meinem Kopfkino liefen mehrere Kriminalfilme gleichzeitig. „Erschrecken sie nicht, es geht nur um die Feststellung seiner Identität. Bringen sie bitte ihren Personalausweis mit!"

Mäusel sprang vor mir die Treppe herunter, nahm zwei Stufen auf einmal, rannte zum Streifenwagen. Aus dem Auto stieg ein blonder, hoch gewachsener Mann mit kurzen Haaren, den sie sofort fest umklammerte.

„Nun, wir nahmen ihren Sohn in der Nähe eines Tatortes fest. Er kann sich nicht ausweisen. Können sie uns glaubhaft versichern, dass das ihr Sohn ist?"

Ich nickte stumm den Kopf. Der Hauptwachmeister fuhr fort: „Er meinte, sie würden auch seinen Sohn, ihren Enkel, aufziehen." Mein Blick ging zurück zum Haus. Die Gardine hinter dem Fenster bewegte sich. David war also wach.

„Wir werden vor Ort Profilfotos anfertigen, eine Vorgangsnummer haben wir telefonisch angefordert." Der Streifenpolizist fotografierte unser Kind von allen Seiten, machte dann Detailaufnahmen der Tätowierungen. Martin bettelte ihn an: „Ihr bringt mich doch zurück zu meiner Freundin? Bitte!"

Minuten später fuhren sie los. Wir winkten unserem Kind hinterher. Mäusel kämpfte mit den Tränen. Zwei Jahre hatten wir Martin nicht gesehen.

Vor vielen Jahren berichteten wir in der Zeitschrift „Schwierige Kinder" aus unserer Vergangenheit. Vor allem, um endlich Ruhe zu finden vor dem aufregenden Leben dieser zufällig zusammen gewürfelten Familie. Schreiben als Therapie – ja unsere Strategie zur Bewältigung schwieriger Lebensumstände brachte scheinbar Ruhe und Struktur in den Alltag. Die letzten fünfzehn Jahre ging das halbwegs gut. Jedenfalls nach außen. Aber halt, eigentlich auch nicht nach außen. Ich weiß nicht, ob wir es je wieder schaffen werden, fremden Menschen unvoreingenommen zu begegnen. Wir sind dünnhäutig geworden, anfällig auf leichteste Verletzungen der Seele.

An Schlafen in dieser Nacht war nicht mehr zu denken. Wir kuschelten uns auf der Couch in eine Decke und unsere Gedanken reisten zurück in das Jahr 1980, in der alles begann...

Leben mit einem hyperaktiven Kind (I)

Einen Tag nach unserer ersten Verabredung kam unser Kind auf die Welt. Siebzehn Monate später lernten wir es kennen: Martin ist ein Adoptivkind. Eine Ehe ohne Kinder war für uns unvorstellbar, ja sinnlos. Wir gelobten, auf ewig gute Eltern zu sein, komme was wolle.

Unvergessen der Tag, an dem wir Martin endlich aus dem Heim in die Geborgenheit unserer Familie holen konnten. Über seine Vergangenheit wissen wir fast nichts. Die leiblichen Eltern waren sehr jung, lebten selbst in einem Heim. Anonymer konnte eine Adoption nicht sein.

Von nun an, so dachten wir, liegt es allein in unserer Hand, was aus diesem kleinen Menschen wird. Martin entwickelte sich rasch und machte uns viel Freude. Martin sollte kein Einzelkind bleiben. Wir entschlossen uns recht bald, ihm eine Schwester zu suchen. Corinna holten wir ein Jahr später aus dem Heim. Martin reagierte äußerst eifersüchtig, warf ihr sein ganzes Spielzeug ins Bett. Im Kindergarten gehörte er zu den lebhaften Kindern. Er war quirlig, ein unruhiger Geist halt. Meistens spielte er allein und vergaß völlig die Welt um sich herum.

Aus dem Nichts

Mit dem ersten Schultag begannen fast aus dem Nichts schwierige Zeiten. Unser Kind war mit Feuereifer dabei, nur nicht beim Unterricht. Im

Ranzen, in den Hosentaschen, gar in der Kapuze schummelte er Spielzeug in die Schule. In den Pausen drehte er mächtig auf, später auch im Unterricht. Was Martin versäumte, wurde dank der schier unendlichen Geduld meiner Frau zu Hause nachgeholt.

Die Kinder führten kleine Hefte, in denen Mitteilungen an die Eltern weitergeleitet wurden. Martins Einträge wurden häufiger und länger. Irgendwann verlor seine Klassenlehrerin die Beherrschung und schlug ihm sein Schulheft um die Ohren. Noch am gleichen Tag stand meine Frau vor ihrer Wohnungstür und verlangte Rechenschaft. Menschen, denen wir unser Kind anvertrauten, sollten sich doch zumindest selbst in der Gewalt haben.

Mit seiner Ich-Besessenheit und seiner permanenten Unruhe bringt Martin Mitmenschen an den Rand der Verzweiflung. Er hat jederzeit etwas mitzuteilen, fordert unbedingte Aufmerksamkeit.

Ein wenig konsequente Erziehung

Unser Verhältnis zur Lehrerin kühlte sich ab. weitere Kontakte zur Schule nahm ich wahr. Nach und nach wurden diese lästig. Ertragen ließen sich ja noch die Samstage auf der ersten Bank im Klassenzimmer, an denen ich Martins Verfehlungen in allen Einzelheiten geschildert bekam. Schlimmer waren da schon Sitzungen mit dem Elternaktiv. Wie oft musste ich mir anhören, dass unser Sohn mit nur ein wenig konsequenterer Erziehung durch die Eltern auf die richtige

Bahn gebracht werden kann. Bei ihren Kindern klappt es doch auch.

Tagelang diskutierten wir zu zweit darüber, was wir wohl in der Erziehung des Kindes falsch machten. Im Prinzip lebten wir nicht anders als andere Familien. Wir verbrachten viel gemeinsame Zeit mit den Kindern und gaben uns bewusst Mühe, das Familienleben in geordneten Bahnen zu steuern.

Schließlich suchten wir den Rat einer Psychologin. Martin sei eben in der emotionalen Entwicklung hinter gleichaltrigen Kindern etwas zurück, hieß es. Er wird das im Laufe der Zeit schon aufholen. Die Schule sei zu aufregend für ihn.

Martins Zeugnisse bestätigten einerseits seine Intelligenz, auf der anderen Seite mangelhaftes Verhalten. Später wurde das Verhalten in die Fachnoten integriert. Martins Leistungen verschlechterten sich rapide, insbesondere in Fächern, die stetiges Lernen verlangen.

Je älter Martin wurde, desto unregelmäßiger kam er nach Hause. Mit 13 Jahren blieb er erstmals über Nacht weg. Ein Zirkus zog ihn so in seinen Bann, dass er vergaß, rechtzeitig nach Hause zu kommen. Nach Mitternacht übernachtete er lieber dort.

Konzentrieren und Vergessen

Mit der Vergesslichkeit war das so ein Ding. Martin vergaß immer irgendetwas, und wenn es nur das Binden der Schnürsenkel war. Wir hatten noch kein Telefon, als er vor dem Schulbeginn eine wichtige Nachricht zum Arbeitgeber meiner Frau bringen sollte. Er traf auf dem Weg einen Klassenkameraden und das Versprechen war vergessen.

Aussprachen mit ihm waren sehr anstrengend. Es gelang ihm nicht, sich auch nur wenige Minuten auf eine einzige Sache zu konzentrieren. Martin versprach in solchen Augenblicken Gott und die Welt, nur um endlich den Druck los zu werden. Gaben wir nicht nach, geriet er in Panik, lief weiß an und musste sich fast übergeben. Wenige Stunden später war alles vergessen.

Der Drang

Martin war ein Fan von Arnold Schwarzenegger. Für Fotos seines Idols tauschte er bedenkenlos kostbare Sachen ein. In einem Wutanfall zerriss er jedoch in wenigen Minuten sämtliche Bilder und zerstörte die Filmkassetten. Solche Anfälle von Aggression gegen seine liebsten Sachen wiederholten sich. Als er nach einem nächtlichen Ausflug nach Hause gebracht wurde, schloss ich ihn in die Wohnung ein, um der Jugendhilfe Gelegenheit zu geben, mit ihm zu reden. Als die Mitarbeiterin zwei Stunden später kam, hatte er längst die Wohnungstür aufgebrochen und war verschwunden. Sein Drang nach Draußen war mit keinen Mitteln zu bremsen. Durfte er abends nicht aus dem Haus, schnappte er sich halt den Mülleimer und verschwand für die halbe Nacht.

Wir fanden es wichtig, dass unser Sprössling einer sinnvollen Freizeitbeschäftigung nachgehen sollte und wählten gemeinsam aus: Modellsport,

Karate, Tauchen. Martin war mit Begeisterung dabei. Einen Monat, vielleicht manchmal auch zwei, dann war das Interesse erloschen.

Das Feuer

Bereits in jungen Jahren war unser Sohn ein starker Raucher. Seine Sucht war so groß, dass er trotz Verbot im Beisein seiner Schwester, die seit ihrer Kindheit an Asthma leidet, nicht darauf verzichten konnte. Ich nahm ihm das Feuerzeug ab, Minuten später hatte er die Gardine in Brand gesetzt. Er wollte das nicht gewesen sein, ich hatte doch sein Feuerzeug. Wir strichen ihm das Taschengeld, Martin hatte trotzdem Zigaretten. Er nahm sich Scheine aus unseren Geldtaschen.

Martin schloss sich einer Clique an. In den Zeitungen konnten wir ihre Beutezüge verfolgen: sie streiften nachts durch Keller und nahmen mit, was ihnen brauchbar erschien. Martin, von kleiner Statur, wurde vorausgeschickt, um die Türen zu öffnen.

Wir stellten den Wecker auf zwei Uhr. Beste Gelegenheit, Martin irgendwo im Wohngebiet aufzuspüren. Manchmal hatten wir Glück und fanden unser Kind. Wenn wir ihn mit heim nahmen, war uns klar, dass es nur für Stunden war. Bei der Polizei lief eine Vermisstenanzeige. Dann und wann brachte man Martin in den frühen Morgenstunden nach Hause.

Rückzug der Freunde

Es gab niemanden, mit dem wir über unsere Ängste reden konnten. Die Großeltern vermieden möglichst das unangenehme Thema; sie waren mit dieser Situation überfordert. Freunde und Bekannte hatten durchweg vernünftige Nachkommen. „Wenn das mein Kind ist, ich wüsste schon, was ich zu tun hätte", war eine Standardantwort.

Immer wieder nahmen wir einen neuen Anlauf, die Lage zu ändern. Wir sprachen mit einer Psychologin und verabredeten uns auf unbestimmte Zeit mit Martin. Kaum zwei Minuten saßen wir vor dem Behandlungszimmer, wurde er nervös. Er ging auf die Toilette und kam nicht wieder. Ein Sprung aus der ersten Etage war einfacher als unangenehme Fragen.

EEG

Wir gaben nicht auf. Nach einer Autoraserei brachte die Polizei den Ausreißer zurück. Wir nahmen kurzfristig Urlaub und besuchten einen namhaften Arzt in Berlin. Die Auswertung des EEG brachte die Gewissheit, dass Martins Gehirn in der Tat nicht normal arbeitet. Es befindet sich in einem fortwährenden Stresszustand. Eine achtspurige Autobahn durch den Kopf! Martins Konzentrationsfähigkeit könnte durch Medikamente verbessert werden. Positiv wäre auch ein längerer Aufenthalt in einer geschlossenen Abteilung.

Wir waren für alles offen und schöpften neue Hoffnung. Mit besten Vorsätzen wandten wir uns an das zuständige Jugendamt.

Der Anlass war schockierend. In Martins fürchterlicher Unordnung fanden wir zwei offensichtlich benutzte Spritzen. „Ein drogenabhängiges Kind? Trösten Sie sich, da gäbe es konkrete Anzeichen."

Die Jugendhilfe hat uns nur verwaltet. Fein säuberlich wurde notiert, was Martin angestellt hatte. Unterstützende Hilfe gab es keine, im Gegenteil, wir fühlten uns wie Straftäter. Man ließ uns spüren, dass wir Versager seien. Längst war uns klar, wir mussten uns selbst helfen. Aber wie?

Vertrauensverlust

Der Zufall kam uns entgegen: ein Anruf aus einem Kaufhof. Martin war beim Diebstahl ertappt worden. Ohne Zögern fuhren wir unseren Sohn sofort in eine psychiatrische Klinik. Martin klammerte sich winselnd um den letzten Zaunpfosten vor der Tür ohne Klinke. Ich werde diesen Augenblick nie vergessen können!

Es war klar, Martin würde uns nun erst recht brauchen. Manchmal fuhren wir mehrmals in der Woche den weiten Weg zur Klinik. 14-tägig gab es Zusammenkünfte mit der behandelnden Ärztin. Nach solchen Sitzungen konnten wir nicht einschlafen. Ich hatte endgültig das Vertrauen in unseren Sohn verloren, wollte ihn nicht mehr zurück haben. Ich versuchte uns einzureden, wir müssten die Familie vor ihm schützen.

Monatelang schien sich nichts zu ändern. Martin hatte sich angepasst und genoss die Fürsorge. Nach Hause wollte er auf keinen Fall zurück: panische Angst vor seinen ehemaligen Freunden.

Aber es gab auch gravierende Rückschläge; aus geringstem Anlass zerstörte er sämtliche Habseligkeiten, verweigerte sich den Helfern, musste fixiert werden. Alle zwei Monate stellten wir einen Verlängerungsantrag an das Jugendgericht, weil unser Sohn in einer geschlossenen Abteilung lebte. Regelmäßig wurden ärztliche Gutachten erstellt: „...es handelt sich bei dem Jungen bekannterweise um ein ausgeprägtes hirnorganisches Psychosyndrom mit hochgradiger Affektlabilität und wiederholt auftretende verminderte bis aufgehobener Steuerungsfähigkeit des eigenen Handelns...“
Über sein vorheriges Leben konnte Martin lange Zeit nicht sprechen. Das, was wir heute darüber wissen, lässt uns noch immer den Atem anhalten. Als später Einladungen vor das Jugendgericht kamen, konnten wir mit dem Gutachten eine Verurteilung abwenden.

Geordneter

Zwölf Monate später. Martin hatte sich verändert, wirkte erwachsener. Er verabscheute Alkohol und Drogen und stahl nie wieder etwas. Wir redeten nicht viel über die Vergangenheit, nahmen vier Wochen Urlaub und fuhren gemeinsam nach Österreich und England. Für jeden von uns war das eine herrliche Zeit.

Die neunte Klasse wiederholte er in einem anderen Stadtbezirk. Endlich fand er auch echte Freunde in der Schule. Innerhalb eines Jahres stiegen seine schulischen Leistungen im Durchschnitt um mehr als eine Note, Gemeinsam suchten wir eine Lehrstelle, aber Ablehnungen über Ablehnungen brachten ihn zur Resignation. Eine Kämpfernatur ist Martin nicht, Niederlagen kann er nicht wegstecken.

Je näher die Prüfungen rückten, desto gleichgültiger wurde ihm die Schule. Eine Zeit lang fuhr ich vormittags von der Arbeit nach Hause, um ihn aus dem Bett zu holen und zur Schule zu schleifen. Er sollte doch mindestens die 10. Klasse erfolgreich abschließen.

Irgendwie klappte es dann doch noch mit einer Lehrstelle. Martin war inzwischen achtzehn Jahre alt und wir hielten es für beide Seiten angebracht, dass er in ein nahes Wohnheim zieht. War er zu Hause, drehte sich Tag und Nacht alles um ihn. Wir mussten uns aber auch um unsere Tochter kümmern.

Mit seiner neu gewonnenen Freiheit konnte er nicht besonders gut umgehen. Bald flog er aus dem Wohnheim. Er schlief in unserem Gartenhaus. Dass es Winter war, kümmerte ihn nicht. Auch nicht, dass er die Probezeit als Azubi nicht überstand. Martin lebte ausschließlich in der Gegenwart.

Abwesenheit und Abmahnung

Wir fanden nach langem Suchen einen neuen Ausbilder. Der bot sogar eine Wohnung neben der Ausbildungsstelle an, damit Martin nicht immer verschläft. Seine Ausbildung als Gas- und Wasserinstallateur nahm er endlich auch ernst. Die Zensuren waren gut, besonders in den praktischen Fächern. Gern erzählte er von seinen Kollegen und seiner Freude bei der Arbeit. Dass die theoretische Ausbildung auf der Strecke blieb, erfuhren wir erst viel, viel später. Unangenehme Lehrfächer ersparte er sich vollends, glänzte oft durch Abwesenheit. Die erste und zweite Abmahnung kamen zwangsläufig. Aber er fing sich und schloss das zweite Lehrjahr befriedigend ab. Ich versprach ihm, die Fahrerlaubnis zu finanzieren, falls er die Lehre erfolgreich abschließt. „Kein Problem", in solchen Momenten war er grenzenlos optimistisch. Leider bringt er nur selten etwas zu Ende. Laufend hat er andere Interessen.

Er kaufte sich ein Handy. Nach sechs Wochen kam die erste Rechnung in unser Haus geflattert: achthundert Mark, doppelt so viel als sein Lehrlingsgehalt. Seine Wohnung glich einem Räuberlager. Gäste kamen rund um die Uhr. Sie blieben auch über Nacht. Erst seine Kumpel, später Mädel.

Seit zwei Jahren hat er eine feste Freundin. Sie brachte ein Kind mit in die Beziehung. Zwei Wochen nach ihrem achtzehnten Geburtstag kam ihr zweites Kind auf die Welt. Für eine Lehrlingsausbildung fehlte ihr nicht nur die Zeit.

Jetzt wohnen sie zu viert in einer Wohnung, leben von Sozialhilfe. Es kracht öfters zwischen beiden. Martin findet in solchen Konfliktsituationen sein Weiterleben sinnlos. Nicht nur einmal musste die Polizei ihn suchen, weil er Selbstmordabsichten hatte.

Wir helfen so gut wir können. Nicht nur mit materiellen Dingen. Um seinen Nachwuchs kümmert er sich mit Hingabe, Ich wünsche uns allen, dass der kleine David (10 Monate) geistig völlig gesund ist. Bei dem kleinsten Verdacht, unser Enkel könnte eben solch ein „Perpetuum mobile" werden, würde ich alles daran setzen, dass er frühzeitig ärztliche Hilfe bekommt.

Martins Entscheidung, einen Monat vor den Prüfungen die Lehre endgültig zu schmeißen, konnten wir nicht mehr beeinflussen. Vorübergehend fand er Arbeit beim Winterdienst. Als er ein festes Arbeitsverhältnis eingehen konnte, war ihm das auch nicht recht. Jetzt, wo das dritte Kind unterwegs ist. (2000)

Leben mit einem hyperaktiven Kind (II)

Reinhilde Wuttke

*Es war der bisher schönste Tag in meinem Le-
ben – mitten im Oktober 1980. Selig vor Glück
schob ich den Kinderwagen und betrachtete
immer wieder den kleinen Jungen, den wir gerade aus dem Kinderheim geholt hatten und der
ab heute zu uns gehören sollte.*

Martin war ein Jahr und fünf Monate alt
und sollte ganz schnell in eine Familie
aufgenommen werden. Im Kinderheim
war er psychisch auffällig geworden,
nach dem seine Mutter ihn nicht mehr besucht
hatte. Das Jugendamt war der Meinung, er würde ganz gut zu meinem Mann und mir passen
und so bekamen wir von einem Tag auf den anderen einen Sohn. Martin war blond, blass, sehr
schmal und hatte auffallend große, ängstliche
Augen. Weil wir nicht daran gedacht hatten, ein
Spielzeug mitzunehmen, suchte ich auf der Straße eine glänzende Kastanie und schenkte sie ihm.
Ich glaube, genau in diesem Moment erwachte in
mir so etwas wie der Mutterinstinkt und mich
durchströmte das Gefühl, dieses kleine Kerlchen
beschützen zu müssen. In dem Moment begann
ich ihn zu lieben. Mein Mann und ich, wir schwo-
ren uns, alles für dieses Kind zu tun, immer für
ihn da zu sein. Wir waren fest davon überzeugt,
dass Liebe, Geduld und entsprechende Vorbild-
wirkung ausreichend wären, aus einem Kind einen guten Menschen zu machen.

Anhänglichkeit

In den folgenden Wochen und Monaten entwickelte Martin eine ganz enge Bindung zu mir. Er war scheu, ließ sich von niemandem anfassen außer von mir. Ich konnte nicht für eine Minute das Zimmer verlassen, ohne dass Martin mir schreiend hinterher gestürzt kam. Er hatte panische Angst vor dem erneuten Verlust seiner Bezugsperson. Auf Besucher reagierte er besonders ängstlich und aufgeregt. Jede noch so kleine Änderung im Tagesablauf, wie zum Beispiel das Verrücken seines Kinderbettes, brachte ihn völlig aus der Fassung. Andererseits war er wieder ganz lieb, spielte hingebungsvoll, entwickelte viel Phantasie und wir waren unheimlich stolz auf ihn. Wir überlegten uns, dass es für seine Entwicklung besser wäre, wenn er nicht als Einzelkind aufwachsen würde, sondern noch ein Geschwisterkind bekäme.

Rivalität

Beim Jugendamt stellten wir erneut einen Antrag, ein weiteres Kind in unsere Familie aufzunehmen. Einen Tag nach Martins drittem Geburtstag holten wir ein kleines Mädchen zu uns, das wir Corinna nannten und ein Jahr und zwei Monate alt war. Nach anfänglicher großer Eifersucht wurde Martin nach und nach der Beschützer seiner Schwester. Dies dauerte aber nur so lange, bis Corinna ihren eigenen Willen durchsetzen konnte. Von da ab entwickelten sich die beiden zu erbitterten Rivalen. Das hat sich nie wieder geändert.

Die folgenden Jahre genossen wir in vollen Zügen. Wir erlebten so viel gemeinsam, wanderten, sangen, spielten, gingen baden. Es war so schön, eine Familie zu haben und das Heranwachsen der Kinder mitzuerleben. Um unseren Kindern wegen der Adoption spätere Komplikationen zu ersparen, zogen wir in eine andere Stadt.

Alles aufregend

Das erste Mal wurde mir schlagartig klar, dass mit Martin etwas nicht stimmte, als er sechs Jahre alt war. Wir fuhren mit der Straßenbahn in die Stadt, wie schon dutzende Male vorher. Als wir die Schiffsanlegestelle passierten, sprang Martin auf und schrie voller Begeisterung: „Mutti, guck mal, da sind Boote!" Er war total aufgeregt, obwohl er die Stelle genau kannte und wir von hier aus schon Fahrten unternommen hatten. Ich betrachtete meinen Sohn und wusste, es ist anders als andere Kinder kurz vor der Schuleinführung.

Jedes Ereignis regte ihn unheimlich auf, abends fand er stundenlang keine Ruhe. Er redete uns in Grund und Boden. Andererseits war er verträumt und konnte Wichtiges nicht von Unwichtigem unterscheiden. Trotzdem war ich davon überzeugt, dass er den schulischen Anforderungen gewachsen wäre, denn er war ja intelligent.

Mühselig

Dass dies ein Trugschluss war, stellte sich schon in den ersten Schulwochen heraus. Unser Sohn lernte alles Mögliche kennen – die Vögel vor dem Fenster, die Kleidung der Lehrerin, die Geheimnisse der anderen Kinder – nur nicht das Alphabet und die Zahlen. Mühselig brachte ich ihm zu Hause Schreiben, Lesen und Rechnen bei. Jeden Morgen entfernte ich das heimlich versteckte Spielzeug aus der Schultasche. Die Beschwerden der Lehrerin häuften sich. Martin wäre unaufmerksam, er könne sich nicht konzentrieren, er spiele ständig mit den Schulutensilien herum und kippele mit dem Stuhl. Er würde mit dem Gezappel den Unterricht stören. Ich zögerte nicht lange und konsultierte eine Kinderpsychologin.

Nach mehreren Sitzungen teilte sie mir mit, dass Martin mit der Schule überfordert wäre, wir jetzt aber das Beste daraus machen müssten. Sie erklärte mir, Martin würde alle Reize aus seiner Umwelt so stark wahrnehmen, dass er infolge dessen im Dauerstress stehen würde. Daraus resultierte seine körperliche Unruhe. Die ständige Überlastung seiner Wahrnehmungen würde dazu führen, dass er sich nicht im Unterricht konzentrieren könnte. Deshalb sollte ich dem Ruhe entgegensetzen, Martin aus dem Hort herausnehmen und nachmittags zu Hause betreuen.

Viel Verzweiflung

Mit viel Mühe gelang es mir, eine Halbtagsbe-
schäftigung zu vereinbaren. Die Situation in der
Schule verbesserte sich dennoch nicht. Die folgenden Jahre liefen so ab, dass Martin den Klas-
senclown spielte, die Lehrerin zur Verzweiflung
brachte und auch wütend machte. Regelmäßig
erhielten wir Einladungen zum Lehrergespräch,
die nichts anderes zum Inhalt hatten, als das
unmögliche Verhalten unseres Sohnes zu schil-
dern. Als ich darum bat, im Unterricht hospitie-
ren zu dürfen, wurde das abgelehnt.

Zu Hause redeten wir immer wieder mit Martin, machten ihm Vorwürfe, baten ihn, sein Verhalten zu ändern. Es versprach alles, um der un-
angenehmen Situation zu entkommen. Ich muss
zugeben, dass er mich manchmal auch mit seiner
ständigen Unruhe nervös gemacht hat. Es gab
kein Essen, bei dem er nicht auf dem Tisch alles
angefasst, die Kerzen zerdrückt, die Tischdecke
zerknittert, mit dem Stuhl gekippelt, an der Kleidung gezerrt hätte. Es gab Tage, da wurde mir so
übel vor Anstrengung ruhig zu bleiben, dass ich
meinte, ich müsste mich übergeben.

Ständig reden

Oder unsere Autofahrten. Martin redete unun-
terbrochen. Er las jede Reklame, jedes Straßen-
schild laut vor. Er sagte alles laut, was er dachte.
Hatten wir uns Besuch eingeladen, drehte Martin
völlig auf. Er lief noch als elfjähriger Junge auf

allen Vieren durch die Wohnung und machte mit seinem Verhalten unsere Gäste nervös.

Planten wir etwas Besonderes mit den Kindern, so teilten wie es ihnen nicht schon tagelang vorher mit, sonst hätte Martin nächtelang nicht geschlafen. Sein Bewegungsdrang nahm auch schon solche Formen an, dass er auf Garagendächer kletterte und herunter sprang, oder an Klettergewächsen an der Hauswand hochkletterte. Oft genug verletzte er sich gefährlich, und wir waren beim Chirurgen Stammgast, doch Martin tat die gleichen Dinge immer wieder.

Verzicht

Ich bat meinem Mann, der aktiver Schachspieler ist, für einige Jahre auf Wettkämpfe zu verzichten. Dadurch hätten wir mehr Zeit, uns gemeinsam den Problemen der Kinder zu widmen. Meine Bitte traf ihn hart und wir hatten mehrere starke Auseinandersetzungen. Schließlich sah er die Notwendigkeit ein. Später brauchte er mehrere Jahre, um seine Spielstärke wiederzuerlangen.

Die Kinderpsychologin, bei der wir jahrelang in Behandlung gewesen waren, hatte uns bisher auch nicht weitergeholfen. „Ignorieren sie einfach, was ihnen andere Leute sagen...", forderte sie uns immer wieder auf.

Als ich einmal völlig hilflos vor ihr saß und um Hilfe bat, wurde sie ungeduldig: „Erst Kinder in die Welt setzen und dann anderen die Probleme überlassen wollen", warf sie mir vor. Ich verließ wortlos den Raum und schwor mir, nie wieder diese Schwelle zu übertreten.

Cliquen-Dynamik

Nicht nur die Lehrer, auch die Nachbarn und Familienangehörigen waren der Meinung, wir müssten unseren Sohn mal anständig erziehen.

Martin war dreizehn Jahre alt, als sich unser Leben schlagartig änderte. Bisher war er der totale Einzelgänger gewesen, hatte nie richtige Freunde gehabt. Doch trotz aller Querelen hatten wir viel Spaß in der Familie und ein enges Verhältnis miteinander. Die Beziehung zwischen Martin und mir war besonders eng. Wir konnten über absolut alles miteinander reden und er vertraute mir seine intimsten Dinge an. Plötzlich schloss sich Martin einer Jugendclique an, Wir bemerkten es nicht sofort. Er wollte jetzt abends länger wegbleiben, wurde von Jugendlichen abgeholt, die keinen besonders guten Eindruck auf uns machten. Wir wurden hellhörig. Ungefähr zeitgleich passierte das, was ich zu diesem Zeitpunkt besser unterlassen hätte. In einer Stunde, in der ich mit Martin so völlig eins war, erzählte ich ihm die Geschichte seiner Herkunft. Für ihn brach eine Welt zusammen. Er lief weg, kam nachts nicht nach Hause.

Detektive

Es begann für uns ein aufreibender und schwerer Kampf um Martin, bei dem wir nie wussten, wie er ausgehen würde. Ungefähr ein Jahr lang lebten wir in ständiger Angst und Verzweiflung. Entweder hatten wir Martin gerade wieder aus einer Wohnung geholt – mitunter mit Hilfe der Polizei – oder er war nächtelang gar nicht zu finden. Er schlief mal bei dem, mal bei jenem Kumpel, mal in einem fremden Keller, mal unter der Treppe. Er schwänzte die Schule. Er begann, für die Clique Einbrüche zu machen und Autos zu knacken. Wenn er zu Hause war, nutzte er jede noch so kleine Gelegenheit, um auszubüchsen. Er brachte zum Beispiel den Müll zur Tonne, oder holte etwas aus dem Keller und kam nicht mehr zurück. In dieser Zeit entwickelten wir einen ungeheuren Spürsinn für Situationen und wurden zu regelrechten Detektiven im Wohngebiet. Ich weiß nicht, wie viele Nächte wir unterwegs waren, wie viele Jugendliche wir kennen lernten, mit wie vielen Eltern wir sprachen. Ich weiß nicht, wie viele Nächte wir nachts verzweifelt wach lagen, wie oft wir dann Martin fanden und wieder verloren. Manchmal brachte ihn die Polizei mitten in der Nacht nach Hause. Martin sagte uns dann, wir wären ja nicht seine Eltern, und er dürfte gar nicht mit fremden Leuten reden.

Distanz

„Fassen Sie mich nicht an!", sagte er einmal zu meinem Mann und ein anderes Mal: „Ich habe meine richtige Mutter gefunden." Sämtliche Versuche, mit Martin eine psychologische Beratungsstelle zu konsultieren, waren fehlgeschlagen, weil unser Sohn selbst aus dem Wartezimmer ausgerückt war.

Hilfe suchend wandten wir uns an das Jugendamt. Aber so oft wir auch dort waren, wir fanden keine Hilfe. Eigentlich wurden wir nur verwaltet und mit dem Hinweis vertröstet, es gäbe noch schlimmere Fälle. Selbst als wir die bei Martin gefundenen Spritzen im Jugendamt auf den Tisch packten, war dies dort kein Grund zum Handeln. Wir waren doch Eltern, die sich immer noch selbst kümmerten. Noch bevor Martin für mehrere Monate ganz verschwand, hatte ich durch ein Telefongespräch mit dem Jugendnotdienst erfahren, dass es in Berlin einen guten Psychologen gibt, der sich mit solchen Jugendlichen auskennt und helfen kann. Wir fuhren zu ihm.

Zu spät

Der Arzt erstellte für Martin ein EEG und erläuterte uns dieses. Er meinte, dass unser Sohn schon als kleines Kind mit Ritalin hätte behandelt werden müssen und dann die Chance gehabt hätte, ein ganz normales Leben zu führen. Nun sei es für diese Behandlung aber zu spät. Er riet uns, Martin in eine geschlossene psychiatrische Klinik zu geben und schrieb uns eine Überweisung. Dort sollte Martin einen gewissen Zeitraum intensiv behandelt werden.

Als unser Sohn schließlich ganz auf der Straße lebte, suchten wir händeringend einen Klinikplatz für ihn. Nach vielen Absagen kam endlich die Zusicherung von Spandau, wir könnten ihn bringen, wenn wir ihn finden sollten. Wir verstärkten unsere Suche erneut. Oft hörte ich im Schlaf Martins Stimme und wurde schließlich krank. Mit Herzrasen und Todesangst saß ich im

Bett, bis mir die Hausärztin Beruhigungsmittel verschrieb. Mein Mann resignierte. Er war am Ende seiner Kraft und wollte nicht mehr mit Martin leben. Doch ich sagte immer wieder, es könnte doch nicht alles umsonst gewesen sein.

Hilferuf

Irgendwie schafften wir es, uns gegenseitig Kraft zu geben und Mut zu machen. Auch dann noch, als Martin mehrmals unsere Gartenlaube aufbrach und mit anderen Jugendlichen unsere Wohnung verwüstet und alles stahl, was man verkaufen konnte.

Dann kam der Anruf. Martin war in einem Supermarkt beim Stehlen erwischt worden und hatte darum gebeten, seine Eltern zu benachrichtigen. Das war ein eindeutiger Hilferuf. Mit fliegenden Händen rafften wir ein paar Sachen zusammen und fuhren zu ihm. Er war sichtlich erleichtert. Ich werde nie den Gestank vergessen, den Martin im Auto verbreitete und wie ich versuchte, ihn abzulenken, damit er uns nicht aus dem Auto springen würde. Er begriff erst wo er war, als wir vor der Eingangstür der Klinik standen. Mit aller Kraft klammerte es sich an das Treppengeländer, wollte da nicht hinein, weinte und schrie. Es war für uns alle die Hölle. Gott sei dank kam eine Schwester der Station und schickte uns weg zur Anmeldung. Als wir zurückkamen, hatte sie es geschafft, Martin zu beruhigen, ihn unter die Dusche geschickt und ihm zu Essen gegeben.

Elternlos

Martin blieb ein knappes Jahr in Spandau. Nach einer kurzen Eingewöhnungszeit bekam er dort seine Wutanfälle und Ausraster, wie es auch zuletzt zu Hause gewesen war. Wenn er mit einer Situation nicht klar kam, zerstörte er alles, was ihm lieb und wichtig war. In seinen Gruppengesprächen erzählte Martin immer wieder, dass er keine Eltern mehr habe. Regelmäßig mittwochs und samstags besuchten wir ihn. Nach einer gewissen Zeit konnten wir im Gelände mit ihm spazieren gehen. Später waren größere Unternehmungen mit ihm möglich. Die Gespräche mit Martins Therapeutin wühlten mich sehr auf und ließen mich nächtelang nicht schlafen. Aber sie halfen uns auch. Diese tolle Frau schaffte es, die schweren Selbstzweifel von uns zu nehmen und uns wieder Kraft und Mut zu geben.

Wir hätten die Möglichkeit gehabt, Martin von der Klinik in ein Kinderheim zu geben, doch das wollten wir beide nicht. Als Martin schließlich nach Hause zurückkam, hatte ich panische Angst davor, er könnte wieder abgleiten, Die größte Angst aber hatte er selbst. Er vermied es, sich die nächsten Jahre im Wohngebiet sehen zu lassen, um ja nicht einem Jungen aus der ehemaligen Clique zu begegnen. Dieses Kapitel war für ihn endgültig abgeschlossen. Wir schulten ihn um, und er wiederholte die letzte Klasse, um einen guten Start ins Berufsleben zu haben. Das ging nicht immer ohne Probleme ab. Mit unserer Hilfe beendete Martin die Schule und fand nach langem Suchen eine Lehrstelle.

Unter vier Augen

Irgendwann in dieser Zeit begann er, sich wieder zu öffnen. Unter vier Augen erzählte er mir alles, was er während der Zeit auf der Straße erlebt hatte. Es war hundertmal schlimmer, als ich es mir vorgestellt hatte. Martin redete sich alles von der Seele, und wir beschlossen, dass dies unser Geheimnis bleibt. Ein gegen ihn eingeleitetes Gerichtsverfahren konnten wir aufgrund seiner nun positiven Entwicklung abwenden.

Martin ist jetzt fast 21 Jahre alt. Er sagt, wir seien für ihn die besten Eltern der Welt. Gegen die Entwicklung, die er genommen hat, hätten wir absolut nichts machen können. Egal was wir getan hätten, es wäre trotzdem so gekommen. Er liebt uns, weil wir ihn nie im Stich gelassen haben. Als er einmal eine Sendung über hyperaktive Kinder im Fernsehen gesehen hatte, erzählte er mir, er hätte sich in jedem einzelnen Satz wieder gefunden. Das Schlimmste in seiner gesamten Kindheit wäre gewesen, dass er immer so sein wollte, wie es von ihm erwartet wurde. Er hätte sich solche Mühe gegeben, konnte es aber nicht durchhalten.

Martin hat heute ein Mädel, mit dem er zusammen lebt. Die Beziehung der beiden geht ständig rauf und runter. Seine Berufsausbildung hat er aus Angst, die theoretische Prüfung nicht zu bestehen, einen Monat vor dem Ende abgebrochen. Nun weiß er nicht so recht, was er werden möchte. Er hat große Ideen, fängt manches an, bringt nichts zu Ende. Nur um seinen

Sohn und dessen größeren Bruder kümmert er sich rührend. Für sie wiederholt er heute die gleichen Rituale, die er in seiner Kindheit selbst erlebt hat. Die Kinder sind sein ein und alles.

(2000)

Drei Vermutungen über die Genesis des Maurischen Kompotts

Zweifellos historisch belegt werden kann die Tatsache, dass das Verhängnis am 29. Juno 2003 mit einem Sonntagsausflug nach Belvedere zum Pfingstberg begann. Vormittags wurde ich von einer 21-1/2-zügigen königsindischen Variante peinlich überrollt, weil meine Gedankenbäume nicht vorausschauend genug in den Himmel wuchsen. Nachmittags schlurfte ich, immer noch völlig neben den Schuhen und ohne Augen auf die herrliche Kulturlandschaft, mit hängenden Kopf, streunendem Hund und der kleinen Familie zum hohen Haus.

Buch Jonathan

Plötzlich und unerwartet erschien mir (Mäusel, verzeih meine geistige Fahrlässigkeit) in einem netten Tag-Traum (man nennt es wohl auch Sekundenschlaf) Caissa, unsere anbetungswürdige Göttin und sprach milde: "Armer Hanswurst, da hast du nun jahrelang am Jammerlappen Schmach und manchen Kummer geduldig ertragen. Öfter und öfter sehe ich dich wahnsinnig leiden. Ich mag dir meinen Segen geben und es seien dir auf deine alten Tage 3 Schach-Wünsche vergönnt. Doch wähle mit Verstand: du kannst sie nicht zurück nehmen!"

"Drei Wünsche auf einmal?", ich war ganz verwirrt und mit bebender Stimme murmelte ich ohne gründlich nachzudenken so etwas wie: "Ach, ich hätte liebend gern eine schlagkräftige Variante, mit der ich fiesen Königsindern das fürchten lehren kann, universal anzuwenden und ohne Variantenwust."

"So soll es sein!" Caissa entschwand und ließ mich mit meinem kleinen Verstand und unzähligen offenen Fragen allein zurück.

Von jenem heiligen Tage an nahm mich das Schicksal an die Hand. Ich spielte unternehmungslustiger, herausfordernd und gleichsam unschuldig, ja etwa wie ein Boxer mit herunter hängenden Armen, der seine Gegenüber zur Weißglut und in das Verderben treibt. Gegner um Gegner lächelten mir erst mitleidsvoll zu, ehe sie sich später selbst um ihren Verstand brachten. Meinem Ego wuchsen Flügel und neben schnellen und leichten Kontersiegen die Genugtuung, dass ich es allemal mit entseelten Maschinen und erst recht mit lamentierenden Plappertaschen aufnehmen kann.

Nur hatte meine Variante einen unterschätzten, gravierenden Nachteil, den ich - vom Wünschen besessen - anfangs nicht ausreichend bedacht hatte: sie war stockhässlich. So unappetitlich, so übel, dass man mit ihr nirgendwo einen Schönheitswettbewerb bestreiten konnte. Man musste sich schon hüten, sie in einem Blitzangriff zu servieren. Viel schlimmer noch: in Mannschaftskämpfen fasste sich jeder Kamerad an den Kopf und es fiel manch unschönes Wort, das lieber verschluckt worden wäre. Ja ich schämte mich ob meiner vulgären Eröffnung in Grund und Boden. Aber es war wie verflixt, ich hatte mich unsterblich in sie verguckt und konnte nicht von ihr lassen. Selbst wenn ich in der Anfangsphase einer Session länger grübelte als gewöhnlich zulässig, griffen meine Finger immer öfter zu dieser grässliche Gurke.

Viel, viel später spielte mir meine Lesewut zufällig das Buch der sieben tödlichen Sünden zu, das meinen Verstand endgültig umkrempeln sollte. Offenbarungen eines Leidensgefährten, der mein Sohn hätte sein können. Sie bestärkten mich darin, ausgetrampelte Gemeinwege zu meiden wie der Teufel das Weihwasser. Lieber mochte ich trotzig auf einem abgelegenen, aber eigenen Pfad den Erfolg suchen. Bruder Jonathan berührte mit seinem Vermächtnis meine gebeutelte Seele eben genau dort, wo ich eigentlich niemanden heranlassen wollte, und brachte sie zum klingen.

Buch John

Die Erscheinung einer neuzeitlichen Bibel (Advances since Nimzo) gebar erst recht fortwährende Zweifel, ob ich das königliche Spiel je in seiner Schönheit und Tiefe auch nur annähernd begreifen werde, geschweige denn anwenden kann. Ich gestatte mir ein Zitat, um die Reinheit seiner

Ideen nicht durch weiteres Geschwätz zu verwässern:

"Is is the aim of the modern school not to treat every position according to one general law, but according to the principle inherent in the position."

Ich kam mit mir nach und nach überein, mein Lebtag nie wieder stur fremde Gedanken zu memorieren, die mit an Sicherheit grenzender Wahrscheinlichkeit kaum für die Wirklichkeit taugen. Einem ausgewachsenen homo ludens sterben täglich 50.000 Hirnzellen unwiederbringlich ab. Sollte man dann nicht lieber a priori auf neuzeitlichen Eröffnungsmüll einen großen Bogen schlagen?

Ich nahm mir vor, lockerer aufzuspielen, Gegner schon in der frühen Eröffnung zu selbständigem Denken zu verführen. Plötzlich allein und nicht mehr am Gängelband ihrer geistigen Väter kreieren sie seltsame Züge, die im Nachhinein nur mit andauerndem Kopfschütteln kommentiert werden können.

Heute darf ich stolz verkünden, dass Prophet Bruder John nicht nur eloquent Allgemeinplätze bestellt, sondern seine feinen Thesen in einem zweiten Buch beispielhaft mit Anschauungsmaterial untermauerte. Wir sollten ihm ewig dankbar sein und ihm in unseren Herzen einen Tempel errichten.

Buch Mark

Der Lüders-Riegel ging und ging mir nicht aus dem Hirn. Da spielt einer doch jahrelang so eine quere Eröffnung und punktet und punktet. Warum um alles in der Welt lege ich mir nicht auch einen heimtückischen, widerspenstigen Gedankenknüppel zu, mit dem man seine geistigen Gegner erbarmungslos traktieren kann. Eins, zwei, drei und schwups landet man im Mittelspiel oder sogar im Endspiel und eben dort sollte angehäuftes Wissen schon eher vages Gefühl verdrängen dürfen. Ich sinnierte weiter und weiter und eh ich mich versah, reifte in mir die Absicht, nächstens eine Endspieluniversität heimlich unter das Kopfkissen zu schmuggeln.

Mäusel, mein liebenswertes Weib, holte mich zurück ins echte Leben und schenkte mir einen versöhnlichen Gedanken: "Wenn du halt mit den "Königskindern" nicht so zurechtkommst, warum spielst du dann nicht einfach gegen die Königskinder."

"Leichter gesagt als getan: als eingefleischter, solider Positionsspieler werde ich doch nicht auf meine alten Tage das Repertoire total umkrempeln, wäre doch schon froh, wenn ich gegen die Vertreter der klebrigen Königsinder-Loge was Böses in der Vorderhand hätte."

Obwohl ich das schalkhafte Blitzen in ihren Augen übersah, fand ich Gefallen an ihren hintersinnigen Worten und drückte sie fester und herzlicher.

So schmiedeten wir in Bruchteilen von Sekunden eine heimliche Übereinkunft: ich offenbare ihr die Anmut und Grazie meiner Anti-Denker-Eröffnung und sie behält das alleinige Sorgerecht, mich jederzeit auf den Boden des realen Seins zurück zu zerren.

Das kann sie leider nur zu gut. Ich erinnere an solche tröstenden Sätze wie: "Schach ist auch nur ein Spiel", oder, "pass doch auf, du hast schon wieder gekleckert." Die Idee zu diesem Pakt kam uns just in dem Moment, als wir das Maurische Kabinett betraten, also in einen märchenhaften Raum schwebten, der die Phantasie beflügelt. So tauften wir das geheime Abkommen unsinnigerweise "Maurisches Komplott".

Das Wort war kaum ausgesprochen als angezogen durch unser Turteln sich Hund und Kind ankuschelten, um Streicheleinheiten zu erbetteln und unser 4-jähriger Enkel fragte: "Was ist das maurische Kompott? Ich möchte bitte so gern heute Abend auch ein maurisches Kompott essen." (2003)

Die Herausforderung

Unser sehnlichster Wunsch, ein zweites Kind zu adoptieren, sollte das Familienglück vollkommen machen, uns von dem Druck befreien, alle vier Wochen neu auf eine Schwangerschaft zu hoffen. Lange genug hatten wir Ärzte konsultiert. Etwa jede siebte Ehe bleibt kinderlos, mit dieser Tatsache mussten wir uns abfinden, basta.

Eine bewusste Entscheidung

Corinna sollte unsere Tochter heißen, ihr vollständiger Namen alle Vokale tragen - wir wünschten ihr aus vollem Herzen ein erfülltes Leben. Sie war vierzehn Monate alt, als sie zu uns in die Familie kam. Eine kleine Narbe am Hals deutete auf einen Luftröhrenschnitt. Corinnas leibliche Mutter, der ein ausschweifendes Leben nachgesagt wurde, konnte keine Bindung zu ihrer Tochter aufbauen, der Vater war unbekannt. Unsere Freude über den Familienzuwachs verdrängte diese Mitgift.

Unser zweites Adoptivkind war weit in seiner Entwicklung zurück, trug immer noch Kindersachen in der kleinsten Größe, konnte nicht sprechen, nicht laufen, nicht spielen. Damit sie beim Spielen nicht umfiel, setzten wir sie in eine umgedrehte Fußbank. Es brauchte unendliche Geduld, ihr die einfachsten Dinge zu lehren. Aber selbst wenn wir damals das Ausmaß an notwendiger Förderung geahnt hätten, wir waren so glücklich über unsere Berta, wie ich sie nach meiner Großmutter nannte, dass wir auch nicht den leisesten Gedanken daran verschwendeten, wir wären der Aufgabe nicht gewachsen.

Mit Stolz und Zuversicht zog unsere kleine Familie zum Standesamt. Wer kann schon bekunden, mit derselben Frau dreimal auf demselben Standesamt das Ja-Wort gesprochen zu haben? Einmal zur Hochzeit, zweimal zur Adoption. Das passiert nicht einfach so. Liebe ist nicht ein Gefühl das einem wie aus heiterem Himmel überkommt; ich glaube daran, wenn man sein Herz verschenkt, ist es vielmehr eine bewusste Entscheidung. Wenn man das einmal verinnerlicht hat, fällt es dem Herzen leichter, sich der Melodie des Lebens hinzugeben.

Mehr oder weniger gut

Noch bevor Corinna zwei Jahre alt wurde, bekam sie eine Brille, um ihre Augenfehlstellung zu korrigieren. Auch sonst mussten wir oft ärztliche Hilfe in Anspruch nehmen. Was anfangs als eine harmlose Bronchitis erschien, entwickelte sich nach und nach zu heimtückischem Asthma. Täglich musste sie mehrmals inhalieren. Linderung brachten später Kuraufenthalte in Thüringen und am Mittelmeer.

Mit sieben Jahren wurde Corinna eingeschult. Von den Leistungen her hielt sie sich im Mittelfeld. Das war aber allein der unermüdlichen Nachhilfe meiner Frau zu verdanken. Bis zur fünften Klasse ging das mehr oder weniger gut, dann wendete sich das Blatt. Unser Kind steckte immer früher auf, verlor die Lust am Lernen, fühlte sich überfordert. Gegen den Willen der Klassenlehrerin, die uns immer wieder beschwichtigte, nahmen wir Kontakt zu einer Förderschule auf, mit dem Ziel, unsere Tochter umzuschulen. Aber auch dort stießen wir auf entschiedene Ablehnung. Es sei die Regel, dass die entsendende Schule einen Förderantrag zu stellen hat. Eine Lehrerin ließ sich zu einem dreitägigen Probeunterricht herab, damit sie sich selbst ein unabhängiges Urteil bilden konnte.

Unserem Antrag wurde stattgegeben. Corinna fand ihr Lachen zurück. Sie blühte auf, ging endlich wieder freudig zur Schule.

Auf einer Elternversammlung in der achten Klasse bat mich die Lehrerin, noch zu bleiben. Sie müsse sich weitere Schritte vorbehalten, wenn es sich bestätigen sollte, dass wir als Eltern körperliche Gewalt anwenden. Corinna hatte ihr Briefchen zugesteckt, in denen sie darüber klagte, dass sie in der Familie gezüchtigt würde. Ihre Angaben waren so konkret und so verletzend, dass es mir die Sprache verschlug.

Nachdenklich

Corinna kam in die Pubertät. Es fiel ihr schwer, ihre Aggressionen zu steuern. Bei einem Wutanfall konnten da schon mal Blumentöpfe an die Tür klatschen oder Schranktüren abgerissen werden. Wir hatten das Gefühl, sie wollte mit aller Macht die Aufmerksamkeit an sich reißen. Oft kopierte sie Handlungen, die Martin in diesem Alter vorgemacht hatte. Mehrfach mussten wir die Polizei kommen lassen, um Corinna zu beruhigen, die sich in solchen Stunden dann in ihrem Zimmer einschloss. Während bei Martin die Wutattacken meistens gegen sich oder Dinge gerichtet waren, richtete Corinna ihre tätlichen Angriffe gezielt auf ihre Eltern aus. Blitzschnell schnappte sie zu, riss mir die Brille von der Nase und zerbrach sie. „Steckt mich doch ins Heim, dann bin ich euch endlich los!"

Dann kamen Tage, an denen sie wortlos nach Hause kam, sich in ihrem Zimmer einschloss und stumm blieb. Irgendetwas musste vorgefallen sein, was sie nachdenklich werden ließ. Nur langsam kam sie mit der Sprache heraus. Sie war abends im Wohngebiet unter einer Treppe vergewaltigt worden. Eine Frauenärztin bestätigte den Tatbestand und riet uns, die Polizei zu verständigen. Damit Corinna das Trauma verarbeiten konnte, suchte ich mit ihr eine Beratungsstelle auf. Wir wurden sofort separiert, doch ich konnte die Fragen der Therapeutin im Nachbarraum deutlich vernehmen. Sie fragte gezielt das familiäre Umfeld ab, nahm mich unter Generalverdacht, ohne dass es irgendeinen Anlass gab.

Die Fahndung

Corinna wurde immer unzuverlässiger, kam unregelmäßig nach Hause, hatte oft haarsträubende Ausreden parat. Wir wussten nicht mehr, was wir glauben konnten und was nicht. Einmal sollte sie von einem Hund gebissen worden sein. Weder Besitzer noch Hund waren bekannt. Ein Arzt riet zu Tollwutimpfungen, die sie dann über sich ergehen ließ.

Kleinste Anlässe genügten, um vollständig auszurasten. Nur weil sie wärmende Sachen im Urlaub nicht anziehen wollte, sprang sie aus dem fahrenden Auto. Sie machte das, was ihr in ihrer unkontrollierten Impulsivität gerade einfiel.

Familienausflüge waren ihr von einem Tag auf den anderen ein Graus. Vor einem Kurzurlaub packte sie zwar noch ihre Sachen, wollte aber partout nicht mehr in das Auto steigen. Als unser Zureden nicht mehr half, startete ich den Motor und wir fuhren ohne sie los. Wir kamen am gleichen Tag zurück, der Anrufbeantworter quoll über von Anfragen meiner Eltern. Corinna hatte sich zu ihren Großeltern begeben und dort Horrorgeschichten erzählt.

Zu spät nach Hause kommen blieb eines der häufigsten Streitpunkte. Versprechungen, das zu ändern, wurden erst gar nicht mehr abgegeben, Verpflichtungen in der Familie von vorn herein verweigert. Irgendwann kam sie gar nicht mehr nach Hause. Nach zwei Tagen Suche fanden wir sie am Badestrand, wo sie im Freien übernachtet hatte. Kurze Zeit darauf war sie wieder verschwunden. Durch Nachfragen bei Klassenkameraden fanden wir heraus, dass sie sich eine

„neue" Mutter gesucht hatte. Und diese Frau hatte dabei gar kein Unrechtsbewusstsein, hätte Corinna durchaus noch weiter beherbergt. Und das in einer Wohnung, in der der Hund seine Geschäfte in der Küche erledigte.

Schließlich blieb Corinna über eine Woche weg. Wir gaben eine Vermisstenanzeige auf. Wenn wir gewusst hätten, dass damit noch mehr innere Unruhe verbunden war, hätten wir darauf verzichtet. Aber wir machten uns große Sorgen. Nach fünf Minuten Personalienaufnahme wurde nach dem behandelnden Zahnarzt gefragt, um sie anhand ihres Gebisses zweifelsfrei identifizieren zu können und ab wann in den Medien nach ihr gefahndet werden darf. Wir haben nie wieder eine Suchanzeige gestellt.

In Corinnas Schulmappe fand ich eine Telefonnummer, die ich einer Freundin zuordnete. Auf unsere Anrufe meldete sich niemand. Stundenlang durchforstete ich systematisch das Telefonbuch in der Hoffnung, eine Adresse aufzustöbern. Das gelang auch, wir fuhren sofort dorthin. Dort waren aber das Kind und Corinna auch schon zwei Tage nicht gesehen worden. Wir fanden beide auf einer nahen Baustelle, wo sie bei Bauarbeitern im Winter in einem ausrangierten Eisenbahnwagen campierten.

Die Streitgespräche und die andauernden Lügen Corinnas machten uns mürbe. Ihr heftiges Streiten, ihre massiven Wutausbrüche schon bei geringsten Anlässen, ihre Gehässigkeiten vergifteten oft wochenlang das Familienklima. Corinna machte für ihr Fehlverhalten grundsätzlich andere Menschen verantwortlich. Am schlimmsten waren die permanenten verbalen Beleidigungen und tätlichen Angriffe gegen uns. Wir versuchten, über den Dingen zu stehen, wenn uns Nachbarn aus dem Haus nicht mehr grüßten. Wir suchten Ablenkung im nahen Garten, reservierten gelegentlich freie Zeit nur für uns zwei. Einmal sprang uns ein beherzter Gartennachbar zu Hilfe. Corinna hatte uns in der Laube eingeschlossen und uns von außen mit dem Gartenschlauch bespritzt. Ehe wir uns befreien konnten drehte er den Wasserhahn zu und ermahnte sie, doch nicht so mit ihren Eltern umzugehen.

Trennung

Irgendwann konnten wir ihre andauernden Verletzungen der Normen unseres Zusammenlebens nicht mehr hinnehmen. Als sie sechzehn wurde, brachten wir sie in einem nahe gelegenen Wohnheim unter.

Corinna schloss die zehnte Klasse mit einem akzeptablen Notendurchschnitt ab. Wir machten uns gemeinsam auf die Suche nach einer Ausbildungsstelle. Kein leichtes Unterfangen mit dem Zeugnis einer Förderschule. Vergeblich schrieben wir unzählige Bewerbungen. Gerade noch rechtzeitig fanden wir einen Hotelier mit einem milden Herz. In zwei Jahren sollte unsere Tochter zu einer Hotelfachgehilfin ausgebildet werden. Uns fiel ein Stein vom Herzen. Die Bedingungen waren vorzüglich: das Hotel war gut ausgelastet, die Mitarbeiter motiviert, es herrschte ein familiärer Umgang untereinander.

Völlig unverhofft erreichte uns ein Brief des Hotels mit der Bitte, Corinna möge sich doch auf ihrer Arbeitsstelle melden, die sie seit mehreren Wochen nicht mehr aufgesucht hatte. Von uns zur Rede gestellt reagierte sie empört: „Ich putze doch nicht tagelang die Toiletten fremder Leute!" Obwohl Corinna ihre Ausbildung hätte fortsetzen können, war sie dazu nicht bereit.

Meine Frau ließ sich beim Arbeitsamt nicht abweisen, bis Corinna eine zweite Ausbildungsstelle als Verkäuferin erhielt. Auch dort blieb sie nur wenige Monate. Aus den Umkleideräumen wurde Geld gestohlen und Corinna verdächtigt. Mit solchen Kollegen wollte sie nicht zusammen lernen.

Zu ihrem achtzehnten Geburtstag stand sie plötzlich vor unsere Wohnungstür und wollte sich mit uns aussöhnen. Inzwischen wohnte sie bei einem Mann, den sie unbedingt heiraten wollte. Wir fielen aus allen Wolken. Wir konnten nicht verstehen, was Corinna an ihm fand. Er war fünfunddreißig Jahre älter, verdiente kein eigenes Geld, war verschuldet und dem Alkohol verfallen. Unsere Argumente überzeugten sie nicht. Die Aussicht, sich durch eine Hochzeit endgültig von uns abnabeln zu können, vernebelte ihren Verstand.

An diesen Tag erfuhr Corinna, was sie tief im Innern schon lange spürte: sie war nicht unsere leibliche Tochter. Schluchzend berichtete sie, dass ihr schon lange klar war, dass sie ganz anders ist als wir. Das unbestimmte Gefühl, einfach nicht in unsere Welt hinein zu passen, war der Auslöser, sich mit aller Kraft von uns abzunabeln. Dass sie eigentlich zu jung und unselbständig war, spielte da keine Rolle. Auch darum fiel uns die Trennung von Corinna schwer, denn es war vorausschbar, dass sie ohne unseren Beistand mit offenen Armen in ihr Unglück rennen würde.

Fast zwanzig Jahr hatten wir zwei schwierige Kinder erzogen, die nun nichts mehr von uns wissen wollten. Welche Ehe hält das aus? Zwar machten wir uns untereinander keine Vorwürfe, allein die Tatsache des doppelten Scheiterns machte hilflos und schwermütig. Ich fühlte mich erschöpft und ausgelaugt. Meine Frau wurde unendlich traurig, plagte sich mit Schlafstörungen, Verdauungsproblemen, kreisrundem Haarausfall. In solchen Fällen bringt selbst das Aufgehen in der Arbeit keine Erlösung. Ablenkung schon, doch keinen Trost. Ich hatte uns früher seelisch ausgeglichen und optimistisch gesehen. Zu akzeptieren, dass wir mit unserem Traum, eine ganz alltägliche Familie zu werden, gescheitert waren, fiel unsagbar schwer.

Der Ausweg aus dieser Krise war im Nachhinein einfach, wenn auch paradox: eine weitere Adoption. Wir holten uns aus dem Tierheim einen Hund. Zwar keinen Golden Retriever, sondern einen weizenfarbigen Mischling, doch Bonny krempelte in kurzer Zeit unser Leben um. Mindestens zwei Stunden täglich verbrachten wir an der frischen Luft, fanden neue soziale Kontakte, unternahmen endlich wieder Wanderurlaube, fanden im Einklang mit der Natur Entspannung und Erholung.

Eines Tages stand dann aber doch unser „Schwiegersohn" vor der Tür. Corinna ginge es schlecht, sie läge im Krankenhaus und benötige unsere Hilfe. Wir dachten zuerst an einen Asthmaanfall, nie im Leben hätten wir eine Schwangerschaft vermutet. Erst im Krankenhaus erfuhren wir, dass es zu Komplikationen kam, die einen Abort erforderten. Wir boten ihr erneut unsere Unterstützung an, von diesem Mann wegzukommen. Corinna war nicht zu überzeugen. Beleidigt schlug sie die Tür hinter sich zu: „Ihr gönnt mir meine Liebe nicht!"

Die Wandlung

Mehrere Jahre hörten wir nichts von ihr. Dann kam ein langer Entschuldigungsbrief. Sie möchte sich unbedingt mit uns treffen und sich endgültig versöhnen.

Corinna kam völlig verwandelt. Inzwischen geschieden, ging sie in Berlin einer regelmäßigen Arbeit nach. Ausgangspunkt für ihre Wandlung war die Geburt ihres Kindes. Ein Tritt ihres Mannes in den Bauch hatte Wehen ausgelöst und das Kind war kurz nach der Entbindung verstorben. Die Geburt eines eigenen Kindes hatte sie Demut und Achtung vor dem Leben gelehrt.

Corinna wollte mehr über ihre eigene Identität erfahren. Wir bestärkten sie dabei. Die Suche nach ihren leiblichen Eltern war erfolgreich, aber ernüchternd zugleich. Der Vater log offensichtlich in seinen Briefen, der Mutter ist sie gleichgültig. (2013)

Eine zweite Chance

„Welches Kind hätte nicht Grund,
über seine Eltern zu weinen?"

Friedrich Nietzsche

Es kam, wie es kommen musste. Die Beziehung zwischen Martin und seiner Freundin zerbrach. Er fühlte sich ausgelaugt nach 12 Stunden körperlicher Arbeit auf der Baustelle, sie sich mit drei kleinen Kindern überfordert. Wann immer wir helfen konnten oder gefragt wurden, waren wir zur Stelle. Beide konnten auf uns bauen: beim Tapezieren und Einrichten des Kinderzimmers, bei Behördengängen oder Streitschlichtungen, bei der Betreuung der Kinder. Und es war ja bequem, die Oma, die gleichzeitig die Erzieherin in der Kindereinrichtung war, anzurufen und zu bitten, den Jungen für das Wochenende zu sich zu nehmen. Wer sagt da schon nein?

Uns fiel der Besuch der jungen Familie immer schwerer. Fassungslos ob der Liederlichkeit, dem fehlenden Ordnungsvermögen und der Gleichgültigkeit gegenüber ihren Kindern, fühlten wir uns nach den Besuchen bedrückt und hilflos. Meine Frau, erfahren im Ungang mit sozial schwachen Familien, suchte noch in den kleinsten Bemühungen der jungen Eltern positive Ansätze.

Vergebens. Martin meldete sich nach der Trennung aus der Wohnung eines Bekannten:

„Wir haben die Kinder aufgeteilt. David bleibt bei mir, Justin bei ihr!"

Zum ersten Weihnachten im neuen Jahrtausend überredete mich meine Frau, David und dessen Papa in ihrem Fluchtquartier mit Geschenken zu überraschen: „Wir sind die Großeltern und wenn wir uns jetzt nicht kümmern, haben wir später überhaupt keine Enkel!"

Ehe wir uns recht versahen, landeten wir am Adventstisch einer Großfamilie mit fünf Kindern. Wir wurden herzlich aufgenommen und bald saß nicht nur David auf meinem Schoß. Im Kreise seiner Spielkameraden war unser Enkel richtig aufgeblüht und nicht wiederzuerkennen. Nach langer Zeit der Sorge endlich ein vager Lichtblick. Martin fühlte sich blendend, schmiedete unentwegt Zukunftspläne.

Er setzte die ersten Pläne schnell um, besorgte sich eine neue Arbeitsstelle und eine eigene Wohnung in unserer Nähe. Maja, die älteste Tochter der Großfamilie zog gleich mit ein. Es war eine Freude anzusehen, mit welcher Hingabe und Geduld sich die frisch verliebte Achtzehnjährige um das Kind kümmerte.

Die Freude hielt etwa einen Monat an. Auf dem Heimweg von einer Kneipentour mit Kumpels wollte Martin seine ehemalige Freundin necken. Schon erheblich alkoholisiert stürzte er beim Versuch, eine Sattelitenantenne zu demontieren, aus mehreren Metern Höhe ab. Der Arzt im Krankenhaus gab uns die niederschmetternde Nachricht, dass der Trümmerbruch der linken Hand wahrscheinlich nie wieder richtig zusammenwachsen würde.

Martin blieb wochenlang im Krankenhaus, Maja unterbrach derweil ihre Berufsausbildung um sich seinem Kind zu widmen. David und seine liebevolle Mutti waren bei uns gern gesehen. Wir wollten Martin überraschen und hatten in der neuen Wohnung unsere alte Küche installiert.

Im Raum schwebte unausgesprochen die Enttäuschung, Martin könnte nie wieder als Lüftungsbauer arbeiten. Doch es kam ganz anders. Im Krankenhaus lernte er im Raucherbereich Nancy kennen. Martin glaubte sich selig, endlich die Frau seines Lebens gefunden zu haben. Unter fadenscheinigen Gründen trennte er sich von Maja.

Die liebe Nancy nahm es mit der Häuslichkeit nicht so genau. Wir hatten jedoch die Hoffnung, dass beide zusammen eine längerfristige Bindung eingehen könnten, denn auch Martin war gewiss nicht fehlerfrei. Ich arrangierte mit Hilfe eines Kollegen ihren Umzug aus einer nahen Kleinstadt. Es war mir peinlich, ihn in ihre ungepflegte Wohnung zu führen. Draußen wetterte eine Nachbarin, dass noch für zwei Monate Mietrückstände zu begleichen wären.

Nancy übernahm nun die Rolle der Ersatzmutter. vernachlässigte dabei die Suche nach einem neuen Job. Es ging nicht lange gut. Martin arbeitete nun im 12-Stunden-Rhythmus beim Wachschutz. Mit der Zeit wurden ihr die Abende allein zu langweilig und so suchte sie nachts Abwechslung vor dem Bahnhof Zoo, bis sie irgendwann untertauchte und nie wieder zurückkehrte. Sie schickte zwei Schläger, die ihre wenigen persönlichen Sachen abholten und en passant Martin krankenhausreif prügelten.

Martin konnte sich wegen seiner Tätigkeit wenig um sein Kind kümmern. Beruhigt, dass unser Sohn zumindest einer festen Anstellung nachging, nahmen wir nun David in unsere Obhut. Vorübergehend, so dachte ich, schon weil Martin nach kurzer Zeit wieder eine andere Frau an seiner Seite haben würde.

Bald waren Kinderbett, Spielsachen, Kleidung und alle wichtigen Dokumente zu uns gewandert. Mein Arbeitszimmer verwandelte sich zurück in ein Kinderzimmer, neue Möbel wurden gekauft. Meine Frau ging ganz in der Kinderbetreuung auf.

Ich wollte es sehr lange nicht wahrhaben, dass ein Vater ohne Gewissensbisse sein Kind abschiebt. Aber mit der Alternative Kinderheim hätte auch ich nicht leben können. Wir hatten bereits zwei Kinder vor dem Leben im Heim bewahrt, da würde es uns das Herz brechen, David wegzugeben. Martin war bereit, etwas Geld für David an uns zu überweisen. Das klappte ein, zwei Monate. Dann brach der Kontakt ab, er war bei einer anderen Frau untergetaucht. Die Miete für seine Wohnung wurde auch nicht mehr entrichtet. Die Zwangsräumung stand vor der Tür. Martin war wieder einmal so mit sich selbst beschäftigt, dass er darüber sein Kind vergaß: „Ich bin euch ja so dankbar. David ist bei euch in den besten Händen."

Wir redeten auf Martin ein, er könne mit regelmäßiger Medikamenteneinnahme durchaus ein geordnetes Leben führen. Es schien, Martin wollte sich keine Schwächen zugestehen, schätzte sein aufregendes Leben.

Inzwischen wurde unser drittes Kind vier Jahre alt. Ich blieb höchst unzufrieden mit der gesamten Situation. Schon aus rechtlichen Gründen brauchten wir öfters Vollmachten beider leiblicher Eltern: bei Auslandsfahrten, bei der Einwilligung zu einer notwendigen Operation, zur Berechnung der Kosten für die Kindereinrichtung. Den Kindeseltern fortwährend hinterher zu laufen, Erklärungen und Rechtfertigungen abzugeben, das war nervenaufreibend und entmutigend.

Um für alle Eventualitäten gerüstet zu sein, kauften wir David unseren Nachnamen. Dazu war die Zustimmung der Kindesmutter erforderlich, die aber einfach nicht reagierte. Nach vielen unbeantworteten Schreiben des Standesamtes bat ich um eine andere Formulierung. Sie solle sie innerhalb einer Frist von 8 Wochen nur antworten, wenn sie nicht mit einer Namensänderung einverstanden wäre. Damit hatten wir Erfolg.

Die Befürchtung, David könnte ebenfalls unter dem Aufmerksamkeitsdefizit-Syndrom leiden, wurde unser ständiger Begleiter. Hinzu kam die Tatsache, dass es ihn offensichtlich stark belastete, seinen Vati immer seltener zu Gesicht zu bekommen. Wir wollten auf alle Eventualitäten vorbereitet sein und suchten deshalb professionelle Hilfe auf. Beim Psychologen, der uns schon bei Martin half, fühlten wir uns gut aufgehoben.

Als sich unser Verdacht bestätigte, dass auch in Davids Gehirn die Botenstoffe nicht ausreichend transportiert werden, waren wir sehr niedergeschlagen. Der Arzt versuchte uns zu beruhigen, dass man dieses Handicap mit den inzwischen fortgeschrittenen Behandlungsmethoden begrenzen könnte.

In den folgenden drei Jahren ließen wir nichts unversucht, Davids Rückstände in der Entwicklung abzubauen.

Wir begannen mit einer Verhaltenstherapie. Einmal pro Woche fuhren wir für eine Stunde Behandlung nach Berlin. Die Therapeutin riet uns in den Gesprächen, David frühzeitig darüber aufzuklären, welchen Platz er in der Familie einnimmt. Meine Frau war rund um die Uhr bei David und da ließ es nicht lange auf sich warten, dass er sie mit „Mama" ansprach. So wählte uns David selbst als seine Eltern aus. Feste Bezugspersonen sind für ein heranwachsendes Kind bedeutungsvoll, sie geben Geborgenheit und Halt.

Der nächste wichtige Schritt war der regelmäßige Besuch einer Logopädin. Schnell machte er dort Fortschritte. Nebenbei gingen wir mit ihm zur Ergotherapie um seine Bewegungskoordination zu verbessern.

Schließlich beantragten wir über das Familiengericht das Sorgerecht für David. In einer Verhandlung, bei der die leibliche Mutter anwesend war, erhielten wir unsere Bestallungsurkunden. Das war es aber auch schon, finanzielle Verpflichtungen waren damit nicht verknüpft. Es war auch nicht unsere Absicht, Unterhalt einzuklagen. Von Davids Mutter war nichts zu holen, unseren Sohn wollten wir erst recht nicht belangen. Zumindest das Kindergeld und eine geringe jährliche Aufwandsentschädigung wurden uns zugesprochen.

Die Vorschuluntersuchung bestätigte Davids Schulreife, aber wir bestanden auf eine Verschiebung des Einschulungstermins. Gegen Martins frühe Einschulung hatten wir uns nicht gewehrt und es später bereut.

Nun begab es sich, dass an der Universität ein mehrtägiges Seminar über AD(H)S angezeigt wurde. Kurzerhand schrieben wir uns für die Vorlesungen von Cordula Neuhaus ein. In vielen Dingen wurden wir in unseren Auffassungen bestätigt. Unter anderem mit unserer Erfahrung, dass es aussichtslos bleibt, mit homöopathischen Mitteln gegen Aufmerksamkeitsverlust vorzugehen. So sahen wir es auch als konsequent an, David später mit Schulbeginn Medikamente zu verabreichen.

Inzwischen war AD(H)S in den Medien ein breit ausgewalztes Thema, das sehr kontrovers diskutiert wurde. Meine Frau musste sich als Erzieherin ständig damit auseinanderzusetzen und hat inzwischen ein waches Auge für solche Kinder, die auffällig erscheinen.

Es geschieht immer dann, wenn man nicht damit rechnet. Die liebe Kati, eine Schachfreundin, flog für 3 Monate nach Manaus (die Urwaldstadt am Amazonas) und fragte an, ob denn nicht jemand aus unserem Verein bereit wäre, ihre Kindergruppe in Zehlendorf für diese Zeit zu übernehmen. Klar sagten wir zu. Zum einen, weil wir nicht gern mühsam aufgebaute Nachwuchsgruppen sterben sehen, zum anderen kannten wir die Kids aus dem Haus der Begegnung in unserer Stadt. Wir hatten sie zeitweise in unsere Trainingsgruppe integriert. Also besuchte ich eine Übungseinheit bei Kati (der kleinen Meisterin, wie sie dort genannt wurde) und war begeistert, mit welcher Hingabe und Herzenswärme sie den spröden Stoff den Kindern vermittelte. Sie gehörten zu einer Tagesgruppe von verhaltensauffälligen Kindern, und verlebten dort die Stunden nach der Schule. Die Erzieher gaben sich große Mühe, die gewiss nicht einfache Sozialisation zu unterstützen. Solange ich es irgendwie mit meiner Arbeit einrichten konnte, übernahm ich dort die Übungsstunden. Ich bereitete mich akribisch auf die Lektionen vor und las vor allem Fachliteratur über Psychologie. Es fiel mir viel leichter, bei fremden Kindern Geduld und Nachsicht zu zeigen, als in der Familie. Aber es waren ja auch nur zwei Stunden, die wie im Fluge vergingen.

Bei der Auswahl einer geeigneten Grundschule für David nutzten wir alle uns im Umfeld gegebenen Möglichkeiten. Schließlich entschieden wir uns für eine Schule mit Flex-Klassen. Dort wird die individuelle Arbeit in kleineren Gruppen bevorzugt. Erste und zweite Klasse teilen sich den Klassenraum – die älteren Schüler können die jüngeren unterstützen. Unserer Ansicht nach würde diese Unterrichtsform David zugute kommen, obwohl uns klar war, dass langfristig wieder nur Frontalunterricht geboten wird.

Unerwartet stellte aber die Schule für uns andere Weichen. Wir wurden zu einer Aussprache geladen, in der uns drei Lehrer gegenüber saßen, die ein aufmerksamkeitsschwaches Kind besser in einer normalen Klasse untergebracht sahen. Sie wären vom Fach und hätten genügend „Cornelia" Neuhaus gelesen, wir sollten ihnen schon vertrauen, genauer zu wissen, was besser für unser Kind sei. Wir ließen uns nicht beirren und beharrten schließlich erfolgreich auf Davids Einschulung in eine Flex-Klasse.

Er lebte sich schnell ein, hatte große Freude am Lernen. Freunde in der Klasse fand er lange nicht. Dafür aus dem Wohngebiet einen gleichaltrigen Jungen, der täglich mit im Bus zur Schule fuhr und mit dem er sich noch heute gern zu gemeinsamen Unternehmungen verabredet.

Mit Beginn der dritten Klasse änderten sich mehrere Dinge in der Schule, mit denen David nicht zurechtkam. Er erhielt eine andere Klassenlehrerin, die nicht besonders motiviert schien, es kamen viele neue Schüler in die Klasse und der Frontalunterricht erforderte eine wesentlich höhere Konzentration. Eine Stunde still sitzen fiel unserem Kind sehr schwer. Noch viel Schlimmer war die Tatsache, dass er von Mitschülern provoziert wurde. Aussprachen mit der Klassenlehrerin brachten wenig. Sie war der Auffassung, das sollten die Schüler allein unter sich ausmachen. Wir wandten uns an die Schulpsychologin. Die hospitierte mehrfach in der Klasse, sah keine gravierenden Auffälligkeiten. Aber die Rangeleien wurden heftiger und deftiger. David kam mit zerrissenen Sachen nach Hause, wurde in den Pausen gejagt und im Unterricht gehänselt. Wir wandten uns erst an die Direktorin, später an den Kreisschulrat. Alles, was er versprach, war eine weitere

Aussprache mit der Klassenlehrerin. Darauf wollten wir uns nicht mehr einlassen.

Enttäuscht suchten wir nach Alternativen. So fanden wir innerhalb weniger Tage eine neue Schule mit besseren Lernbedingungen. Ohne Umschweife schulten wir David um. Er kam schnell in der neuen Klasse zurecht und hatte fortan keine Probleme mit seinen Mitschülern.

Davids Leistungen waren gut und stabil. Allerdings blieben Hausaufgaben nicht gerade seine Stärke, die schob er lieber auf die lange Bank. Doch er ging mit Freude in die Schule, probierte sich in verschiedenen Zirkeln aus, spielte nebenbei Theater und Keyboard.

Nun gut, Schule war die eine Sache. Hier wirkten die Medikamente. Haarsträubend war die Zeit hinterher. Lassen die Arzneien nach, kommt es zum retardierenden Moment, dreht sich die Geschichte um 180 Grad. In einem Blog Betroffener steht: „Ihr glaubt, es könne nicht schlimmer kommen? Eiwei!" - eine ernste Warnung an Besserwisser.

Wenn man die Null zu den natürlichen Zahlen hinzu rechnet, dann muss man konsequenterweise Null Ordnung auch als Ordnung bezeichnen: es ist halt etwas weniger aufgeräumt. Wir versuchten, die Müllkippe nicht über die Schwelle des Kinderzimmers wachsen zu lassen, was selten gelang. Der Arzt riet, täglich im Kinderzimmer Razzia zu machen, das Bett abzurücken, die Schränke zu durchforsten, gemeinsam aufzuräumen. Wer nur bringt immerfort soviel Kraft auf?

Latente Suchtgefährdung ist eine weitere Sorge, die uns ständig begleitet. Davids unstillbarer Heißhunger auf alles Süße ist dabei noch das geringste Übel. Sitzt er einmal am Computer, kommt er von allein nicht mehr davon weg. Sowohl Computerspiele als auch das Fernsehen werden von uns streng rationiert, mehr als eine Stunde täglich sind nicht erlaubt. Er ist aber nicht in der Lage, sich an Vorgaben zu halten, findet erstaunliche Wege, Verbote zu umgehen. Das ist, vereint mit beginnender Pubertät, genügend Konfliktpotential für familiäre Auseinandersetzungen.

Die weiterführende Schule suchten wir mit Bedacht aus. Wir folgten Davids Wunsch, eine Privatschule zu besuchen, da er dort optimale Voraussetzungen hat, später vielleicht sogar das Abitur abzulegen. Das Schulgeld sehen wir als Investition in seine Zukunft.

Im Sommer letzten Jahres machte er seine erste große Reise zu seiner Tante nach Erfurt. Klar war er aufgeregt, aber wir bestärkten ihn, sich auf solch ein Abenteuer einzulassen. Das war auch für uns eine erholsame Woche. Andere Eltern können ihre Kinder gern mal zu den Großeltern abschieben. Bei uns ist das alles um eine Generation versetzt. Obwohl Davids Urgroßeltern ihn gern ein paar Stunden nehmen: mehr können wir ihnen wirklich nicht zumuten.

Was David ungemein wurmt ist, dass er manchmal versehentlich mit seinem Bruder Justin verwechselt wird. Justin ist fast auf den Tag ein Jahr jünger und beide kann man nur durch ihre Augenfarben unterscheiden. Aus unserer

Sicht ist Justin hyperaktiv. Er wächst ohne psychologische Betreuung und ohne Medikamente in bildungsfernen Welten auf. Er war mehrfach in Kinderheimen, wurde bei wechselnden Ersatzfamilien geparkt, inzwischen mal wieder im Haushalt der allein stehenden Mutter, die ihr achtes Kind erwartet. Justin ist im Viertel als Raufbold bekannt und hat in der Schule schon zwei Ehrenrunden gedreht. Nein, mit dem möchte David keinesfalls verwechselt werden!

Vor nicht allzu langer Zeit erhielten wir Post vom Jugendamt, über das wir vor 33 Jahren Martin adoptiert hatten. Martins leiblicher Vater war auf der Suche nach seinem Sohn. Wir wurden gebeten, Martin darüber zu informieren. Martin entgegnete brüsk: „Ich habe absolut kein Interesse, meinen Erzeuger kennenzulernen!"

Ich fand das bedauerlich, vor allen deshalb, weil wir in einem längeren Gespräch mit dem Jugendamt erfuhren, dass Martins Vater nie gefragt wurde, ob er sein Kind zur Adoption frei geben würde. Zu diesem Zeitpunkt war er ja erst fünfzehn, die Kindesmutter sechzehn, Jahre alt.

In der letzten Woche besuchte uns Martin mit seiner jetzigen Freundin. Martin sah sehr müde aus, plagte sich mit einer lädierten Bandscheibe. Er bat um Unterstützung bei der Regelung der Unterhaltsansprüche seines zweiten Sohnes. Das Gericht hatte die Unterlagen an Martins Arbeitgeber geschickt, was ihn sehr erzürnte. Er war so stolz, nach sechs Jahren Leiharbeit endlich eine Festanstellung gefunden zu haben, geht dermaßen in seiner Arbeit auf, dass er in diesem Jahr noch keinen Tag Urlaub genommen hat. Benötigt ihn sein Chef, kann Martin auch eine Krankschreibung des Arztes nicht abhalten, auf der Arbeitsstelle zu erscheinen.

Was Martin und David gravierend unterscheidet, ist ihr Verhältnis zu den Mitmenschen. Während Martin oft lange Anläufe braucht, um Vertrauen aufzubauen, besitzt David soziale Kompetenz, interessiert sich für seine Mitmenschen, kommt leicht mit anderen Kindern und Erwachsenen in Kontakt. Gern besucht er meine Frau in der Kita. Besonders mit einem Erzieher versteht er sich blendend: mit Markus, selbst ein AD(H)S-Betroffener.

David verbarrikadiert sich rechtzeitig in seinem Zimmer, wenn Martin kommt. In solchen Momenten fühlt er sich überflüssig.

Beim Abschiednehmen raunte uns Martin noch zu: „Gebt meinem Kleinen ein Küsschen von mir!" Meine Frau entgegnete: „Dein Kleiner ist dreizehn Jahre alt, hat inzwischen die gleiche Schuhgröße wie du, die 44!"

Kurze Zeit später schlitterte David in seine bislang größte Krise. Und niemand bekam etwas mit: nicht wir als seine Eltern, nicht die Schule, nicht sein Psychologe. Im Nachhinein, wenn man versucht, eine Erklärung zu finden, forscht man nach Anzeichen, die solch einer Katastrophe doch vorhersehbar erscheinen ließen. Pustekuchen! Ja, doch, vielleicht - halt die eine Sache, die wir vor gut einem Monat bei einer Sitzung mit dem Arzt ansprachen. Nachmittags, nach der Schule, war er meist launisch, nicht gut drauf, in hohem Maße unzufrieden mit sich selbst. Ich schob das auf die hoch explosive Mischung von ADS und Pubertät. Weit gefehlt! Der Arzt, in letzter Zeit oft unter Zeitdruck, forschte auch nicht weiter nach, verschrieb für nachmittags eine zusätzliche Ration Ritalin und schob uns aus dem Behandlungszimmer. Dann ging alles sehr schnell: meine Frau bekam vom Sekretariat der Schule einen Anruf, wie es denn dem kranken David ginge nach solch einem schmerzvollem Verlust. Die Schule wollte sich erkundigen, wie David den tödlichen Autounfall seiner Eltern vor einer Woche verkraftet hätte. Bei Skype wäre nachzulesen, dass David noch im Krankenhaus läge. Immerhin wären ja Entschuldigungen per Email in der Schule eingetroffen. Klassenkameraden hätten den Lehrer informiert.

Wutentbrannt raste ich nach Hause, wo David vor dem laufenden Fernseher am Computer saß und gerade eine Torte frühstücken wollte. Ich lieferte unser Kind im Sekretariat der Schule ab. Die Direktorin präsentierte mir die ausgedruckten Emails. Der Betrug war offensichtlich. Alles, was ich noch für ihn tun konnte, war, um eine zusätzliches Aussprache zu bitten, an dem auch meine Frau teilnehmen sollte.

Als wir beide eine Woche später zum Gespräch kamen, hatten wir das Gefühl, gegen eine Wand zu sprechen. David war von einzelnen Schülern sowohl in der Schule als auch im Internet gemobbt worden. Die Kinder hatten über seine Kleidung und sein Aussehen gelästert und ihm geraten, die Schule zu wechseln. Der Klassenlehrer bestätigte das. Aber nach einer von ihm geführten Aussprache wäre damit Schluss gewesen. David hätte erst später unentschuldigt gefehlt.

Und überhaupt hätten wir doch sagen sollen, dass wir die Großeltern seien. Die Direktorin betonte, dass den Lehrern Mobbing aufgefallen wäre. Und gerade in Davids Klasse gäbe es keine Auffälligkeiten. Die Ursachen lägen nicht im schulischen Umfeld. Man verwies uns an den Schulpsychologen.

Der Psychologe, bei dem wir uns zwei Wochen später trafen, nahm sich Zeit. Er gab Ratschläge, wie David sich besser wehren kann, dass er sich jederzeit an ihn oder den Vertrauenslehrer wenden kann, dass er sich doch eine sportliche Betätigung außerhalb der Schule suchen sollte, um dort leichter Frust abzubauen, dass Freunde wichtig wären. Der Schulpsychologe gab aber auch zu verstehen, dass er kaum Einfluss auf die Lehrerkonferenz habe, die letztendlich entscheidet, ob die Kinder das obligatorische Probehalbjahr bestehen würden.

Ein Anruf des Klassenlehrers brachte uns zurück auf den Boden der Tatsachen. Nach dem letzten Gespräch war David nicht mehr in der Schule gesehen worden. In unsere Verzweiflung wandten wir uns an Davids Arzt. Was kann aber schon in einem zehn Minuten während Patientengespräch geklärt werden? Gegen die Schwellenangst beim Betreten des Schulgebäudes gab es Sertralin, David sollte täglich von uns in die Schule gebracht werden.

Wiedervorstellung beim Arzt nach einer Woche. Einen Tag vorher meldete sich der Klassenlehrer, eine weitere gefälschte Email wäre eingetroffen. David hätte die Matheklausur am Samstag nicht nachgeschrieben und eine Sechs dafür kassiert. Die Schule kündige den Schulvertrag.

Erneuter Besuch bei Davids Arzt. Ich war hoffnungslos enttäuscht und wütend über das wenig gefestigte Wertesystem unseres Kindes. Ich hatte ihn mehrere Tage umsonst zur Schule gefahren. Trotzdem hatte er geschwänzt. Ich war mir auch nicht sicher, ob das Argument *Mobbing* nur vorgeschoben war, er nicht vielleicht unter Spielsucht litt, denn er war kaum von seinem Computer zu trennen. Nahmen wir ihm sein Notebook weg, fand er Mittel und Wege, sich an unseren Rechnern zu vergnügen. David suchte sich emotionale Ersatzfunktionen. Er fühlte sich ungerecht behandelt, obwohl er meistens die Konflikte selbst herauf beschwor. Der Arzt schlug vor, mit einer stationären Aufnahme in eine Klinik unserem Kind Grenzen zu setzen. Wir sollten uns um eine psychiatrische Klinik bemühen, die ihn kurzfristig aufnimmt. Als ich dann noch beiläufig fragte, ob er uns ein paar Zeilen dazu mitgeben kann, brach er die Behandlung mit dem Hinweis auf die wartenden Patienten ab.

Kaum zu glauben, ich fand wirklich Gehör und vermittelte ein Gespräch zwischen der Oberärztin einer psychiatrischen Abteilung und Davids behandelnden Arzt. Er berichtete mir telefonisch, die Oberärztin wolle sich bei uns melden. Wolle. Inzwischen sind zwölf Wochen vergangen.

Eine adäquate Schule zu finden erwies sich entschieden schwieriger als gedacht. Der Schulrat zuckte nur mit den Schultern: „Jeder Schüler hat ein Anrecht auf einen Platz an einer Schule, aber kein Anrecht auf einen Platz an einem Gymnasium oder einer Gesamtschule. Suchen Sie bitte selbst. Notfalls finden wir gemeinsam eine Oberschule für ihr Kind."

Zwei Tage vor dem neuen Schulhalbjahr kam dann doch noch eine Einladung an eine Ganztagsschule. Die Direktorin hörte aufmerksam zu: „Du weißt schon, dass du ein sehr spezieller Typ bist?"

„Ja, aber hat nicht jeder ein Recht auf seinen ganz persönlichen Stil?"

„Schon, doch Du musst lernen, Kompromisse zu schließen und genau zu überlegen, was du deinen Mitschülern erzählst. Wenn du ihnen so wie mir glaubhaft machen willst, dass du im Kindergarten aushilfst und gern mit deinen Eltern wandern gehst, wirst du von vorn herein einen schweren Stand in der Klasse haben!"

David nickte langsam mit seinem Kopf ohne aufzublicken.

„Du solltest jetzt ganz neu anfangen. Morgen gehst du zum Friseur und lässt dir einen kecken Haarschnitt verpassen! Am Montag früh um 8 Uhr 25 stehst du ausgeschlafen vor dem Sekretariat, dann stelle ich dich deiner neuen Klasse vor. Noch Fragen?"   (2013)

Innerer Kampf

Heftiger hätte es kaum kommen können, als in der letzten Runde gegen den emeritierten Psychologie-Professor gesetzt zu werden. Zweimal deutscher Seniorenmeister, schon einmal Mitglied der deutschen Nationalmannschaft zusammen mit Wolfgang Unzicker und Lothar Schmid – Christian Clemens Erfolge sind beeindruckend. Schachspieler kennen sich, saugen begierig alle verfügbaren Informationen über ihre Gegner auf - vielleicht ließe sich ja das eine oder andere im Spiel verwenden. Für George Steiner sind sie Hohepriester des Irrelevanten.

Ich blicke in ein Paar lachende Augen, als ich seine Hände drücke. Was wird er über mich wissen? Wir setzen uns und warten die Freigabe der Partien durch den Hauptschiedsrichter ab.

Die wenigen Augenblicke bis zum Partiebeginn nutze ich gern für meine Autosuggestion. Für eine gute Partie muss man frei sein im Kopf. Leichter gesagt als getan, schleppt man doch immer Ballast mit sich herum. Es wäre zu schön, wenn man wie eine Schlange die alte Haut einfach abstreifen könnte. Mir fällt der junge Atila Gajo Figura ein, der gegen mich schon 20 Minuten vor dem Gong aufrecht am Brett saß, ganz im

Gegensatz zu Ulrich Kobe, der sich darin gefiel, nach dem ersten Zug des Gegners eine halbe Stunde in Schockstarre zu verharren. Nein, auf eine solche Zeitverschwendung brauche ich mich nicht einzulassen, habe schon vor einem Monat meine Datenbanken nach gegnerischen Partien durchforstet. Auf einen Wettkampf von durchschnittlich fünf Stunden, ja, da verschreibe ich mir mindestens ebensoviel Vorbereitung. Ist halt so etwas wie eine selbst auferlegte Prüfung, da möchte man schon überzeugen. Prüfungsangst, nein das würde ich in Abrede stellen. Aber Lampenfieber schon. Jeder Schauspieler kennt dieses laue Gefühl in der Magengrube bevor das Spektakel seinen Lauf nimmt. Angst vor dem Gegner? Gott bewahre, im Gegenteil! Starke Gegner beflügeln. Ich rede mir ein, dass sie es doch sein mögen, mehr Angst zu spüren. Für mich wäre ja ein Unentschieden schon wie ein kleiner Sieg, für ihn dagegen eine Blamage ohnegleichen. Gut, im Blitzschach, da sähe es etwas anders aus, in jungen Jahren war ich ein passabler Blitzer. Smudos Statement, Blitz sei wie schneller, schmutziger Sex, ist da gar nicht so unzutreffend. Jetzt, im Seniorenalter ticken die Uhren langsamer. Immerhin: Schach bleibt wohl der einzige Sport, den man auch im fortgeschrittenen Alter als Leistungssport betreiben kann.

Der Schiedsrichter bittet um Aufmerksamkeit, verliest den Tabellenstand vor der letzten Runde. Von 30 Mannschaften liegen wir auf Platz sechs, etwa im Bereich unserer Wertzahlen. Ein Sieg könnte uns auf einen Medaillenplatz der Deutschen Seniorenmeisterschaft hieven. So weit hatten wir gar nicht voraus geträumt.

„Die Bretter sind frei!", mit diesem Worten holt mich der Hauptschiedsrichter zurück in den Wettkampf. Ich versuche, mich vor dem ersten Zug zu sammeln. In der Anfangsphase und zum Schluss werden Fehler besonders oft begangen. Sokrates, der beileibe kein Weichei war, predigte: „Aller Güter höchstes sei Besonnenheit!"

Kraftvoll zog ich meinen Läuferbauern zwei Felder vor, gewiss noch keine Überraschung für mein Gegenüber.

Doch Clemens ist es, der mich zu überraschen weiß: er zieht sofort den Königsbauern. Ich muss meine Gedanken neu sortieren. Warum verzichtet er auf seinen Holländer, mit dem er doch hervorragende Resultate erzielte? Kann es denn sein, hat er etwa Respekt vor meinem Botwinnik-Aufbau, mit dem ich in der zweiten Runde eine anhaltende Initiative entwickeln konnte? Immerhin, meine Vorbereitung war nach dem ersten Zug ins Nirwana gewandert. Ich versuche mich zu erinnern, welche Partie ich in letzter Zeit so eröffnet habe. Ach ja, gegen den Schweden Lundin. Hat mein heutiger Gegner etwas in petto gegen meine Aufstellung? Mein Gedächtnis bleibt schrecklich lückenhaft. Ich bewundere Menschen mit gutem Gedächtnis, insbesondere jene, die weit gefächerte Varianten bis in das letzte Detail abrufen können. Da fällt mir eine Karikatur ein, die in meinem Arbeitszimmer hängt: zwei Spieler sitzen sich am Brett gegenüber. In dem einen Kopf werden sorgfältig in bester Handschrift die Züge notiert, im anderen

Kopf herrscht Chaos, führen zwei mittelalterliche Heere erbitterten Krieg, da blitzen Säbel, fliegen Pfeile und Kanonenkugeln, metzeln sich Soldaten nieder. Ja, kaum etwas ist psychologisch so brutal wie ein ernsthaftes Schachspiel, sagte ein Exweltmeister. Genug davon, ich muss mich konzentrieren! Mein zweiter Zug kommt locker aus dem Handgelenk. Seitdem ich mich entschloss, überwiegend Hauptvarianten zu spielen, schlittere ich selten in akute Zeitnot. Mihail Marin schreibt in seinem Großmeisterrepertoire, er überlegt nicht mehr, egal was Schwarz als erstes antwortet. Ja, Eröffnungsvorbereitung artet immer mehr in Wissenschaft aus. Die Eröffnungstheorie entwickelt sich stetig weiter. Eröffnungsstudium ist harte Arbeit, die erst im Laufe von Jahren ihre Früchte trägt.

Mein Gegner dirigiert den Damenspringer vor die Bauern, so dass ich meinen Königsläufer fianchettieren kann. Nun stehen beiden Seiten eine Vielzahl weit ausanalysierter Varianten zur Verfügung. Wir schlittern in die Karpov-Variante, eine sehr solide Aufstellung für Schwarz.

Gegen Anatoli Karpov habe ich 1973 bei den Weltfestspielen im Simultan antreten können. Damals war er frisch gekürter Herausforderer des Weltmeisters. Karpov pflegt einen sehr gediegenen, diffizilen Stil, den manche Experten als gemeinhin langweilig abwerten. Das bekam ich damals auch zu spüren. Nach 5 Stunden in gleißender Sonne verlor ich schließlich ein Endspiel, in dem er mit Randbauer und Springer gegen Springer mich schließlich ausmanövrierte. Ich schüttelte ihm artig die Hand und wünschte ihm viel Erfolg im Kampf gegen Robert James Fischer. Leider kam es später nicht dazu.

Nun gut, Clemens versucht gar nicht erst, mich zu überrennen. Ich muss mich auf einen anhaltenden Lagerkampf einstellen. Oder nicht? Ich entscheide mich instinktiv für den Halb-Wartezug mit dem Randbauern, den Kosten in seinem Buch „Dynamisches Englisch" empfohlen hat. Ein Experiment mit offenem Ausgang.

Schwarz macht einfache, natürliche Entwicklungszüge und steht gut. Mein Anzugsvorteil ist bereits vergeben. Mit einem Läuferrückzug leitet Clemens die Phase des Lavierens ein, die ich gern vergleiche mit dem Tiki-Taka, das der Fußballtrainer Pep Guardiola Barcelona verschrieben hatte und das die Mannschaft vollendet beherrscht. „Auf dem Brett droht nichts und so nutze ich die Zeit, die Stellung meiner Figuren zu verbessern", mag mein Gegner denken. In der Tat ist es so, dass die schwarzen Figuren besser hinter den eigenen Bauern aufgehoben wären und deshalb formiert er seine Streitkräfte um.

Schwarz agierte mit seinen letzten Zügen ausschließlich auf den letzten drei Reihen. Er kann in Ruhe seine Ideen verwirklichen, denn im Nachhinein war mein Spiel mit Läufer und Springer am Königsflügel harmlos, um nicht zu sagen planlos. Und hier ist es wie im Leben: Planlosigkeit wird sich irgendwann rächen.

Schachspielern sagt man die Gabe nach, sich gut konzentrieren zu können. Wenn ich ehrlich zu mir selbst bin, gerade das ist meine Achillesferse. Wenn das nicht schon schlimm genug wäre, müsste ich mir endlich eingestehen: von wirklichen Schach verstehe ich allzu wenig. Da könnte ich noch so viel trainieren, ich würde immer hinterdrein laufen. Von allen Erkenntnissen ist das wohl die schmerzhafteste, die ich mir eingestehen muss.

Halt, hätte ich denn nicht den Mops d5 kassieren können? Hing der nicht so einfach rum? Zufall ist ein mächtiger Gebieter. Ich hätte einen Mehrbauern, ohne dass ich Clemens irgendein Gegenspiel einräumen muss. Oje, das ist mir durch die Lappen gerutscht. Da bekommt man schon mal eine Chance und dann übersieht man sie auch noch. Ich bin ein Trottel. Dummheit ist nicht heilbar.

Jetzt auch noch dieser merkwürdige Springerausfall, der ist mir erst gar nicht in den Sinn gekommen. Ich spüre, wie die Partie kippt. Wehrlos zuzuschauen, wie ich Stück für Stück zusammengeschoben werde, ist verdammt schmerzhaft.

Clemens nimmt sich eine Auszeit. Das hier ist der entscheidende Moment in der Schlacht. Wir spüren es beide instinktiv. Zähne zusammenbeißen und abwarten. Eine Situation wie vor einen Richter, der lange zögert, bevor er das vernichtende Urteil spricht. Nein, jetzt nicht auch noch in Selbstmitleid zerfließen. Die Situation habe ich mir doch einzig und allein selbst zuzuschreiben.

Warum überlegt er so lange, kann er nicht ganz simpel den Druck auf der e-Linie verstärken? Aber was zum Teufel macht Schwarz? Er spielt am falschen Flügel. Das muss purer Aktionismus sein! Muss, muss, muss. Ich stehe mit dem Rücken an der Wand. Er braucht doch nur abwarten, bis ich mich endgültig ergebe. Stehe ich nach Df5 nicht kurz vor dem Exitus? Gerade bei solchen Spielertypen wie Clemens, die auch jenseits des Schachs überdurchschnittliche Intelligenz demonstrieren, sieht man oft, dass sie bei solchen Gelegenheiten zuviel sehen, dass sie es ganz perfekt machen wollen und auf Abwege geraten. Ich verstehe die Welt nicht mehr. Noch wäre es nicht zu spät für Lxg2.

Das Schicksal gönnt sich eine Pause. Ich kann nicht mehr ruhig sitzen, muss unbedingt aufstehen. Nichts hält mich mehr zurück. Möglichst weit, weit weg von dieser unsäglichen Partie. Zumindest für einige Minuten die Tragödie verdrängen, Sauerstoff tanken, um dann am Brett die letzten Reserven anzuzapfen.

Ich bleibe beim Wettkampf Berlin gegen Baden stehen. Kann Wolfgang Thormann gegen Rudolf Striebich nicht Springer und Turm opfern? Ja, er kann. Und er macht es auch. Was für eine hübsche Miniatur! Eine klasse Partie. Erinnerungen werden wach an die Olympiade 2008. Ich hatte kurzerhand eine Ferienwohnung in Dresden angemietet, in der so manche Schachfreunde (nicht nur aus unserem Verein) einige Tage Unterschlupf fanden. Ich kann nur jedem Schachspieler empfehlen, die Luft solcher großartigen Wettkämpfe zu atmen. Schach ist für mich mehr als ein bloßes Gerangel und Geschiebe auf 64 Feldern. Großmeister sind einmalige Performancekünstler, die man auch mal beim Entstehen eines Kunstwerkes bestaunen sollte. Und in der Hinsicht wurde ich nicht enttäuscht.

Wir wurden Zeuge des großartigen Feuerwerks an Ideen von Vladimir Akopian gegen Maxime Vachier-Lagrave. Einfach bezaubernd, anmutig und leicht – eine Partie, die man auch in fünfzig Jahren noch mit Genuss nachspielen wird.

Ich habe mich längst damit abgefunden, keine bemerkenswerte Partie zu hinterlassen. Allein, gegen einen Großmeister zu gewinnen, das wäre schon eine gewisse Genugtuung. So wie es meinem ehemaligen Mannschaftsleiter Helmut Scheide gelang, dem Robert Rabiega einen ganzen Punkt abzuknöpfen. Warum gibt es so viele Amateure, die ihr Leben lang dem Spiel treu bleiben? Das muss doch schon ein bisschen mehr sein als die vage Hoffnung auf einen Großmeisterskalp! Schach wirkt für uns wie eine Konstante in dieser hektischen Welt. Nicht, dass sich das Schach auch verändern würde, aber halt nur evolutionär, marginal, unauffälliger als das große Ganze.

Ein dichter Kranz von Kiebitzen säumt bereits unser Schlachtfeld. Die meisten Partien sind entschieden. Bahnt sich hier eine Sensation an? Sehen die vielen Augen mehr als meine zwei?

Ich muss den Schiedsrichter bemühen, mir eine Schneise durch die Menge zu meinem Brett zu bahnen. Die Bedenkzeit meines Gegners schmilzt auf zwei Minuten zusammen. Mir bleiben noch fünfzehn Minuten Zeitreserve für acht Züge.

Was fesselt die anderen an unserer Partie? Ist das die Häme, die meinem Gegenüber widerfährt weil er in großer Bedrängnis ist? Jetzt bin ich am Drücker. Ruhig bleiben, es ist ausreichend Zeit, die künftigen Züge zu überprüfen. Narren hasten. Kluge warten.

Mein Antwortzug hält die Spannung aufrecht. Kurz vor der Zeitkontrolle ist das besonders wichtig. Das erzeugt zusätzlichen Druck auf den Gegner. Zeitnot in einer Konfliktsituation führt zu unerklärlichen Fehlern. Als Clemens den Springer nach b4 setzt, haben wir kurzzeitig Augenkontakt. Ich ignoriere seinen fragenden Blick. Irgendetwas stimmt aber nicht mehr. Sekundenbruchteile genügen, um festzustellen: sein letzter Zug war zu optimistisch. Das Ungleichgewicht verschiebt sich deutlich zu meinen Gunsten. Ich bin am Drücker, übernehme die Initiative.

Was viele kopflastigen Menschen zum Schachspiel zieht: es ist bis zu einem hohen Grade objektiv. Bei Einzelsportarten, die in künstlerische Richtung gehen, wie Tanzen, Gymnastik, Eiskunstlauf oder dort, wo der sportliche Teil überwiegt wie beim Boxen, Turnen, Skispringen, da kann die Wertung eines Kampfrichters durchaus Einfluss auf das Endergebnis haben. Aber am Brett, da ist man ganz allein für seine Fehler verantwortlich. Hier gibt es keine Ausreden. Klar kann sich schon einmal ein handfester Vorteil verflüchtigen. Aber das ist eben auch die große Herausforderung: in Stellungen, wo Klubspieler sich die Hände zum Unentschieden reichen, kniet sich ein Großmeister erst recht rein. Schließlich geht es letztendlich immer nur um den Gewinn. Nur einer der bis zum letzten Bauern kämpft, ein unermüdlicher Krieger, ein besessenes Arbeitstier wird große Erfolge erzielen können. Nicht umsonst spricht man davon, dass mit Opfern Partien gewonnen werden, mit Verteidigung jedoch Turniere. Schach ist eine Aufgabe, der man mit Demut begegnen muss, eine Disziplin, die mit jedem Zug Wahrheit einfordert. Keine Wahrheit, an der man sich vorbei schlängeln kann. Eine Wahrheit, die weh tut, wann man an der falschen Seite des Brettes sitzt.

Ja das mag alles so sein, doch ist das wirklich der Hauptgrund, weshalb uns das lausige Spiel immer wieder in seinen Bann zieht?

Der besondere Reiz des Schachspielens liegt meines Erachtens ganz woanders. Wer einmal die erfüllende Erfahrung eines *flow* gemacht hat, wird mich verstehen. Man kann es umschreiben als subjektive Erfahrung totaler Hinwendung auf einen Gegenstand. Ich mag diese hohe Stufe der Konzentration und das ist es, was uns das Schach verspricht: eine Möglichkeit, unsere Gedanken so zu fokussieren, dass wir eine höhere Ebene des Denkens erreichen. Am besten erinnere ich mich an die Partien, in denen ich höchst konzentriert zu Werke gegangen bin. Schach wird entschieden durch Fertigkeiten: was man braucht, ist nicht nur zu wissen was zu tun ist, sondern wie. Bei Vladimir Nabokov habe ich in *Lushins Verteidigung* gelesen, dass Schach dieselben menschlichen Tugenden erfordert wie jede künstlerische Betätigung, die diesen Namen verdient: Originalität, Einfallsreichtum, Knappheit, Harmonie, Komplexität und erhabene Täuschung. Der Gegenstand des Schachs ist die schöpferische Tätigkeit. Sie ist die höchste Form menschlicher Arbeit.

Mein Puls beschleunigt sich. Reicht das denn nicht zum Sieg? Das muss ich noch einmal in Ruhe nachrechnen. Wirklich, ich kann mir einen Zug früher als er eine neue Dame holen. Ja, ich bin mir ganz sicher, es reicht!

Noch mehr Zuschauer finden sich ein. Ich kann nicht mehr aufstehen, sitze auf meinen Händen. Aus jeder seiner Gesten schreit die Ohnmacht meines Gegners. Die Partie ist entschieden, aber er kann noch nicht loslassen. Aufgeben ist so endgültig. Mit jedem Zug stirbt etwas von seiner Hoffnung.

Ich verschränke die Arme vor der Brust, nehme eine Siegerpose ein. Und dann geht alles blitzschnell. Clemens lässt sich die letzten Züge nicht mehr zeigen. Er hält die Uhr an. Er gibt auf. Von allen Seiten fliegen mir Hände entgegen. Die Anspannung löst sich nach und nach. Ich spüre Größe, Würde und Erhabenheit - fantastische Gefühle. „Einmal lebt ich, wie Götter, und mehr bedarfs nicht." (2013)

Restrisiko

Wer hätte nicht gern das pflegeleichte Durchschnittskind? Mit auffälligen Kids zusammen leben bedeutet Stress pur. Inzwischen gibt es Regalreihen von Ratgeberbüchern in unterschiedlichster Qualität zur Thematik AD(H)S. Wie Eltern immer wieder neu selbst damit fertig werden müssen, bleibt reine Theorie. Bedingungslose Liebe, Geduld, Verständnis und Humor – ja, das wird schlechthin propagiert. Aber wer hat davon schon übergenug? Wer erst einmal nach und nach seinen Freundeskreis verloren hat, wird mich besser verstehen. Wer heute nicht mehr alle Tassen im Schrank hat, wessen Besteckkasten spürbar verwaist, wessen einziger Kellerschlüssel plötzlich am Schlüsselbund fehlt, könnte durchaus im Kinderzimmer fündig werden. Wem die letzten Familienfilme abhanden gekommen sind, wessen Administratorkennwort am Notebook abgelehnt wird, wessen Fernseher sich um 20.15 Uhr von allein abschaltet, der muss noch keine Vorstufe von Alzheimer erreicht haben, im Gegenteil: er sollte sich von Herzen freuen, dass in den letzten drei Tagen keine schlimmeren Dinge passiert sind.

Ein Leben im ständigen Ausnahmezustand kostet ungemein Kraft. Dem größten Trugschluss zu unterliegen ist, Hilfe von außen zu erwarten. Und sei es nur, dem Kind eine Verhaltenstherapie angedeihen zu lassen. Die Warteliste bei jedem halbwegs vertrauenswürdigen Therapeuten ist so lang, dass man mindestens neun Monate

Vorlaufzeit investieren muss. Eine Selbsthilfegruppe in der Stadt finden – Fehlanzeige. Eine Gruppe gründen? Ein gar nicht mal so abwegiger Gedanke.

Woher wir trotz der vielen Enttäuschungen die Kraft gefunden haben nicht aufzustecken, werden wir gelegentlich gefragt. Im Gegensatz zu meiner Frau stand ich einige Male dicht davor. Doch wir haben unsere inneren Gedanken, unsere Normen und unser Handeln immer wieder auf den Prüfstand gelegt: im Grunde genommen sind unsere Kinder in einer vergleichbaren Bandbreite wie in Millionen anderer Familien erzogen worden.

Als Softwareentwickler bin ich es gewohnt, bei einem Fehlverhalten im System die Fehler grundsätzlich zuerst bei mir selbst zu suchen. Es war ein langer Lernprozess, sich zugestehen zu können, dass man manchmal nur bescheidenen Einfluss auf seine Umwelt hat. Trotz liebevoller und gleichzeitig konsequenter Erziehung können den Eltern die Kinder entgleiten. Die psychologischen Risiken einer Adoption waren uns nicht bewusst. Auf mögliche genetische Passungsprobleme zwischen Eltern und Wunschkind waren wir nicht vorbereitet.

Schnell verstanden haben wir uns immer mit Menschen, die ähnliche Erfahrungen gemacht haben. Ich glaube, es ist wichtig, sich nicht abzuschotten und in Selbstmitleid zu baden. Heute sind wir in der Lage, Kraft aus unserer vier Generationen umfassenden Großfamilie zu schöpfen. Wir haben uns wieder angenähert, fühlen uns geachtet, können dort frei und unverkrampft über unsere Ängste und Sorgen reden, die uns wohl ein Leben lang begleiten werden.

Manchmal bedarf es immenser Anstrengungen, ein Menschenleben ins Gleichgewicht zu rücken. Wir sind tief in unserem Herzen davon überzeugt, dass liebende Zuwendung heilende Kraft freisetzen kann. Unsere Kinder haben im Rahmen ihrer individuellen Möglichkeiten den Weg zu einem erfüllten Leben gefunden. Martin findet seine Anerkennung in der Arbeit. Kürzlich meinte er scherzhaft, dass er sich eher damit abfinden könne, seine Freundin als seine Arbeit zu verlieren. Corinnas Lebensmittelpunkt ist ihre Tochter, zu der sie ein inniges Verhältnis hat und deren Einschulung sie vorbereitet. Nina soll es später einmal besser haben als ihre Mutter. David? Ja, der ist sehr schnell in der neuen Ganztagsschule heimisch geworden. Seine Lehrerin ist erfreut über so ein liebenswertes Kind in ihrer Klasse.

Ich möchte es auch noch einmal wissen: ab kommenden Monat werde ich mich auf die Europameisterschaft der Senioren vorbereiten.

Unser aller Anker ist und bleibt Mäusel. Zu dieser Tageszeit bekommt man sie allerdings kaum zu fassen, da ist sie um die Häuser unterwegs mit ihrer adligen Freundin: Donna von den Mückenstürmern, unserem Kerry Blue Terrier.